아무튼, 예능

아무튼, 예능

복길

코난북스

우리 할머니의 얼굴은 내가 키우는 고양이 가로랑 닮았다. 할머니는 글자를 모른다. 어릴 때 아주 잠깐 학교를 다니긴 했는데, 할머니네 아빠가 관두게 해서 한글을 다 깨치지 못했다. 부모님이 맞벌이를 해서 어릴 땐 할머니랑 대부분의 일과를 같이 보냈다. 할머니는 종종 이웃 할머니들과 어울리기도 했지만 밖에 오래 있지는 않았다. 마당에서 호박, 장미 같은 걸 키우거나 수를 놓는 일을 하며 보내는 시간을 더 좋아했다. 열일곱부터 평생을 함께한 할아버지와 정들었던 이웃 친구들이 하나둘 세상을 떠난 뒤부터는 더욱 그랬다. 나는 종종 할머니한테 동화책을 읽어줬는데 내가 중학생이 되고 나선 그 시간도 점점 줄다가 결국 없어졌다. 다행히도 할머니는 텔레비전 보는 것을 좋아했다. 낮이든 밤이든 집에 돌아왔을 때 텔레비전이 켜져 있으면 안심이 됐다. 할머니가 덜 심심했을 거란 생각이 들었다. 그렇게 생각해버리면 마음이 편했다.

차례

직업: 트로피 수집가

평행우주

전제

너는 왜 매직을 들고 다녀

중학교 2학년 때 같은 반에 특이한 애가 있었다. 이름은 최유나고 같이 어울리는 애는 아니었다. 학교에서 백일장이 열렸는데 자기가 원하는 공간에서 글을 쓸 수 있었고, 그때 운동장 스탠드 구역에 앉아서 좀 이야기를 나눈 것 말고는 뭔가를 유나와 함께한 기억이 없다. 유나가 특이한 이유는 일간지 속에 있는 텔레비전 편성표를 자른 뒤에 재미있을 것 같은 방송 칸에 매직으로 테두리를 치는 취미가 있었기 때문이다.

유나에 대해 좀 더 팬픽적인 설명을 하자면, 모두가 '짭디다스'로 불리는 '삼선 쓰레빠'를 신을 때 나이키에서 나온 쿠션 좋은 슬리퍼를 신었었고, 모두가 SG워너비나 휘성, 씨야의 노래를 들을 때 혼자 비주얼록(라르크앙시엘이랑 각트)을 들으며 이브의 김세헌을 좋아했다. 평상시엔 되게 조용하고 좀 어두운 애였는데, 누가 농담을 하면 금방 표정이 환해지는 애이기도 했다. 무엇보다 웃음소리가 영심이 동생 순심이처럼 엄청 해맑고 경박했다.

나는 유나를 좋아했다. 나는 유나가 일주일에

한두 번 아침 시간에 조용히 편성표를 자르고 매직으로 표시한다는 사실을 알았고 그게 웃겼다. 그래서 짝꿍이 바뀌는 날에 유나의 뒷자리에 앉게 됐을 때 정말 기뻤다. 하지만 유나와 나는 친한 그룹도 달랐고, 잘 맞는 성격도 아니었다. 우리는 조회나 종례, 수업 종이 치고 선생님이 들어오기 전 잠깐 동안에만 얘기를 하는 사이였다. 나는 할 말이 없으면 "오늘은 뭐 하는 날이냐?", "누구 나오냐?" 유나에게 물어봤다. 보여주기 싫어했지만 유나의 편성표엔 늘 테두리가 쳐진 프로그램이 있었다. 〈강호동의 천생연분〉이었다.

〈강호동의 천생연분〉은 〈스타 서바이벌 동거동락〉, 〈god의 육아일기〉, 〈악동클럽〉, 〈꼴찌탈출〉 등 '토요일 저녁은 MBC'라는 인식을 만들어준 〈목표 달성 토요일〉의 한 코너에서 폭발적인 인기를 얻고 독립한 쇼다. 사실 그건 유나가 특별히 좋아하는 프로그램이라기보단 당시의 중학생이라면 그냥 봐야 하는 방송에 가까웠다. 나는 강호동이 좋았다. '씨름 선수 출신 코미디언.' 그냥 저 타이틀 자체를 웃겨했던 것 같다. 씨름을 하다가 코미디를 한다고? 왜지? 혹시 이름이 호동이라서 그런 건 아닐까? 강호동을 처음 본 순간부터 든 의문이었다. 본명이 '강호동'이라니 태어나자마자 직업이 천하장사 겸 코미디언으로 정해져 있는 사람 같았다. 그래서인지 재미있었다.

"신나는 토요일 불타는 이 밤 유후 줄여서 신토불이." 이런 바보 같은 소리를 기합을 담아 지르는 강호동은 뭔가 끔찍한데 귀여운 큐피드 같았다. 왜 갑자기 춤을 추며 신고식을 하는지, 왜 저 연예인들은 전부 강제로 커플이 되어야만 하는지, 온갖 종류의 조잡한 게임을 거쳐서 힘겹게 커플이 됐는데 왜 화환으로 된 목걸이를 하고 올림픽 영웅처럼 사진을 찍는지, 그렇게 영웅이 된 커플들을 또 왜 역대 대통령 초상처럼 스튜디오 천장에다가 걸어놓는 건지, 정말로 그 액자를 박제하는 것이 이 모든 개고생의 보상이자 결말인 건지…. 의문을 가지려면 끝도 없는 쇼였다. 그래도 그때 나는 토요일 저녁엔 텔레비전을 보는 할 일 없는 중학생이었고, 유나가 보는 거니까 나도 봤다.

우울한 힘

　일찌감치 서울로 독립한 형제들과 달리 아빠는 고향에 남아 사업을 시작했다. 그리고 당시에 다니던 직장 단지에서 엄마를 만났다. 엄마는 단지 안에서 꽤 규모가 큰 업체에서 경리로 오래 근무하며 별명이 '신 양'에서 '컴퓨터'가 된 사람이었다. 일은 잘했지만 진급이 없는 단순 사무직이었고, 엄마의 집은 이유를 모를 정도로 계속 가난했으며, 엄마는 더 이상 엄하기만 한 아버지와 한 공간에 있는 것이 힘들었다. 그러다 때마침 자기를 좋아한다고 따라다니는 아빠를 만났다. 결혼이란 건 다들 하니까 막연히 해야 한다고, 일단 해버리고 나면 지금보단 편해지지 않을까 생각했다. 식장에 들어가기 직전에야 '내가 정말 이 사람을 사랑하는 걸까?' '나 진짜 결혼하나?' 하는 마음이 들었다고 했다.

　고향에 남기를 선택했다는 이유로 할아버지와 할머니는 작은아들인 아빠가 모시게 됐다. 1920년대생인 할아버지와 할머니는 엄마에게도 거의 조부모님뻘이어서 시집살이가 고되다고 생각한 적은 없다고 했다. 엄마와 아빠는 같이 사업을 했다. 내가 초등학생 때 IMF가 터졌지만 아빠의 사업은 오히려 그때 조금 더 번창했고, 엄마는 점점 회사에 나가는 횟수가 줄다 결국 회사에 나가지 않게 되었다.

그리고 그때부터 나의 눈치 싸움은 시작되었다. 집안의 살림 방식과 룰을 조율하는 것은 그간 가사를 맡아온 할머니의 몫이었다. 엄마는 그 주도권을 갖고 싶어 여러 노력을 했다. 할머니 역시 60대가 될 때까지 장사를 한 사람이어서 집안일에 그리 능숙하지 못했고 엄마는 그런 부분들을 트집 잡았다. 그러나 합가를 한 이래 하루 종일 집안을 돌보며 자리를 사수하고 있는 칠순 노인을 상대하기엔 엄마의 내공이 너무 부족했다. 매일매일 신경전이 벌어졌고 번번이 엄마가 졌다. 엄마는 외향적인 사람이었고, 젊은 나이에 사업을 번창시켰다는 프라이드가 강했으며, 무엇보다 젊었다. 그래서 종종 친구도 만나야 했고, 자신이 원하고 필요하다면 회사도 나가야 했다. 그러다 보면 겨우 빼앗아 온 주도권이 다시 할머니에게로 가 있었다.

엄마 나이쯤 되니 그때 엄마가 왜 그렇게까지 히스테릭했는지 알 것 같다. 자기 일을 하면서도 가정의 주도권 역시 언제나 자신에게 온전히 있기를 원하는 것. 내 삶을 온전히 내가 컨트롤하고 싶은 것. 그리고 그중에서도 가장 큰 것은 역시 '주부'가 되어야 한다는 애매한 타의에 의해 자기 커리어를 놓은 것이었다. 할머니와 엄마는 늘 아슬아슬했다. 사이가 좋은 것도 나쁜 것도 아니었다. 그러니 나는 늘 눈치를 봐야 했다.

그러다 갈등이 폭발했다. 할머니가 자기 명의로 된 주택을 서울 사는 큰아버지에게 주기로 한 것이다. 조선시대에 태어난 할머니는 당연히 유산은 큰아들에게 주는 게 맞다고 생각했고, 십여 년을 함께 산 엄마는 당연히 분노했다. 엄마는 외할머니의 첫째 딸이다. 외할머니는 환갑이 지나도록 극성 맞을 정도로 예민하고 깐깐한 시어머니와 남편의 형제까지 수발을 들며 살았지만, 물려받은 것은 구청에서 준 효부상 명패뿐인 사람이었다. 이런 것이 어떤 영향을 끼쳤는지는 나 혼자 추측할 뿐이지만 아무튼 그때 엄마는 할머니에게 엄청난 배신감을 느낀 것 같았다.

두 사람의 갈등이 내 인생의 첫 번째 절망을 만들었다. '텔레비전 시청 금지.' 엄마는 나를 수단으로 투쟁했다. 할머니가 거의 늘 텔레비전을 틀어놓는 것이 나의 교육상 좋지 않다는 것을 문제 삼았다. 내가 보고 있지 않아도 거실에 텔레비전이 틀어져 있는 것이 엄마에겐 분노의 원인이 됐다. 어느 날엔 할머니랑 텔레비전을 보고 있는데 가위로 유선방송 케이블을 자르기도 했다. 엄마가 외출하고 나서, 그제야 할머니는 그때 느낀 모욕감에 대해 나에게 말하며 울었다.

낮에는 할머니의 설움을, 밤에는 엄마의 히스테리를 들었다. 그때는 오래 같이 시간을 보낸 할머니한테 더 정이 많았다. 엄마가 미웠다. 죄 없고 불쌍한 할머니를 괴롭힌다고 생각했다. 모두가 집을 나가고 끊겨버린 텔레비전 앞에서 책도 읽지 못하는 할머니는 무엇을 하면서 보낼까, 수업 시간 내내 생각했다. 할머니는 왜 글을 배우지 못한 거지? 할머니의 아빠는 뭐 하는 인간이었을까? 좆 같은 조선시대! 아니 그러면 늦게라도 글을 배울 순 없었던 건가? 생각을 이어가다 보면 모든 것이 원망의 대상이었다. 하지만 아무리 생각해도 텔레비전 선을 자른 엄마만큼 나쁜 사람은 없었다.

텔레비전은 내가 엄마로부터 사수해야 할 가장 소중한 물건이자 자존심 문제가 되었다. 내가 점점 텔레비전에 집착하는 사이 엄마는 결국 분가를 이뤄냈다. 나는 매일 눈물을 흘리며 할머니 할아버지가 사는 옆 동네까지 찾아갔다. 할머니가 해준 영양가 없는 라면을 먹고, 할머니 옆에서 해설을 하면서 텔레비전을 원 없이 보고 들었다. 집착과 동경이 헷갈리던 무렵이었고, 결국 한 반에 대여섯은 늘 있는, PD가 장래희망인 중학생이 됐다.

그런 이유로 텔레비전은 나태함이자 두려움, 어딘가 죄스러운 물건이면서 동시에 해방감을 느끼게 해주는 유일한 탈출구였다. 내 나름대로는 텔레비전을 할머니, 외할머니, 외할머니의 시어머니까지 얽힌 우리 집안 여자들만의 슬프고 억울한 투쟁의 도구로 여긴 셈이다. 가족에게서 꽤 많이 정신적인 독립을 이뤄낸 10대 후반에도 텔레비전을 좋아하는 습관은 남아 이어졌고, 그것만이 삶의 이유가 되어버렸다.

나는 어떻게든 생산적인 사람으로 보여야 했다. 그러려면 얼떨결에 정해버린 PD라는 꿈을 이뤄야 했다. 더더욱 열심히 텔레비전을 봤다. 진로 계획이 구체적이어야 했을 고등학생 시절에도 그랬다. PD는 텔레비전을 원 없이 보는 사람이 아니라 만드는 사람이란 사실을 깨달은 건 이미 너무 많이 늦어버린 후였다.

내 방

〈구해줘 홈즈〉는 의뢰인이 가진 조건에 맞춰 최적의 집을 찾는다. 전세금 2억, 서울 사대문 안, 한옥 느낌이 나는 신혼부부의 거주지를 수색하라! 그렇게 부암동에 2억대 전셋집이 있다는 예고에 집중하고 있는데 산으로 오르고 올라도 도무지 집이 보이지 않는다. 겨우 도착한 집은 원룸 형태지만 꽤 넓고 근사했다. 창밖으로는 밀림처럼 우거진 잡초 숲과 꽉 들어찬 비닐하우스 풍경이 보였다(박나래는 그 뷰를 'SF 이미지'라고 했다.) 그러나 의뢰인이 아직 학생인데 학교를 가려면 산 밑까지 한참을 내려가야 한다는 점이 치명적이었다. 70년대에 지어진 아파트는 '레트로 맨션'으로 등장했다. 창밖에 벽만 보이는 집이지만 좁은 창고까지 포함해 방이 세 개였고 수납할 공간이 많다는 장점이 있었다. 천장에 노출된 가스 배관은 '카페식 인테리어'라고 했다. 자기들도 말하면서 웃었다. 마지막으로 스튜디오로 사용하던 공간을 집으로 만든 한옥에 갔다. 좁지만 작은 홈카페도 만들고, 공간 활용도를 높이기 위해 슈퍼싱글 사이즈의 월베드를 매립해놨다. 신혼부부에게 침대는 좁을수록 좋다고 했다. 그런데 그곳은 사람들이 자주 오가는 북촌 한복판의 골목이었고 밖에 나가서 보니 집 안이 훤히 보였다. 또 머쓱하게 웃으면서 보호 시트지가 얼마 안 한다고 했다. 이 방송에서 자주 볼 수 있는 대화 중 하나는 "이쪽 벽 중앙을 허물면 더 넓게 쓸 수 있겠다", "아 전셋집이라 힘들겠구나"다.

알고 있겠지만 이런 인테리어 예능은 집을 잘 구하는 팁을 알려주는 것이 목적이 아니다. 아무리 생각해도 미쳐버렸다는 생각밖에는 들지 않는 부동산 가격과 도무지 어떻게 살라는 건지 알 수 없는 기이한 집과 방에 대한 고발 르포다. 부동산 애플리케이션에 올라온 기상천외한 매물들을 보며 남 일처럼 웃다가 정말 그 집이 내 앞에 나타났을 때 그냥 길바닥에서 자고 싶다는 피로를 느끼는 것처럼.

나는 줄곧 엄마를 미워했고 그 관계는 내가 성인이 돼서도 좀처럼 회복되지 않았다. 열일곱 살 때 고등학교를 그만두고 서울에 있는 대안학교에 입학했다. 나는 사촌 언니와 서울에 전셋집을 얻어 함께 자취를 하기로 했다. 엄마 아빠와 함께 살던 집 방에서 내가 가져가야 할 물건들을 챙겼다. 당장 입을 옷과 노트북, mp3 같은 것을 넣고 나니 나머지 것들은 별로 중요하지 않게 느껴졌다.

완전히 배제되었던 것들은 다음과 같다. (언젠가 다시 볼 거라 생각하며) 중학생 때부터 모은 영화 잡지들, 공부하기 싫을 때마다 주고받은 학교 친구들과의 쪽지들, 중고장터에서 사 모은 VHS테이프들, 내가 찍힌, 찍은 사진들, 쓸데없이 모은 액세서리와 작은 장난감들.

언젠가 다시 본가로 돌아올 거라고 생각했다. 그래서 마치 여행이나 캠핑을 떠나듯 생존에 필요한 최소한의 물건만 챙겼다. 그때는 몰랐다. 내 방이 그 어설픈 독립 선언과 함께 사라지게 될 거라는 걸. 기숙사와 오피스텔, 수많은 자취집을 옮겨 다닐 동안 늘 그대로일 것 같았던 '내 방'은 이사를 거듭할 때마다 원래의 형태를 잃어버렸고 그렇게 10년이 지난 뒤, 나에게 남은 짐은 여행 캐리어 하나였다. 그것이 내 독립의 결과였던 것이다.

가끔 퇴근 후에 방에 누워서 극도로 미니멀한 방 안 가구들을 보고 있으면 황량한 느낌이 든다. 이제 와서 누구와 편지를 주고받을 수 있을 것이며, 좋아하는 책들을 다시 모은다 한들 그것에 얼마나 정을 붙일 수 있을 것인가. 그리고 가장 중요한 문제,

이 집에서는 얼마나 살 수 있을 것인가. 집의 계약 조건과 규모, 가구들, 조명들이 변할 때마다 내 생활 패턴을 그에 맞춰 바꾸고, 내 몸과 습관은 그에 따라 적응했다. 혼자 살림을 꾸리고, 이사를 다니다 보니 살림살이들은 점점 간소해졌다. 학교를 졸업하고 나니 책상이 없어졌고, 취직을 하고 나니 소파와 식탁이 없어졌다. 어렵게 산 장식장, 화장대는 말할 것도 없었다. 하나둘 포기한 걸 '비움'이라고 스스로 세뇌했다. 이러다 결국엔 방까지 없어질 것 같았다. 변하지 않는 나만의 공간이 정말로 필요하다고 생각했다. 어린 시절부터 지금까지의 타임라인을 쭉 이어 주는 무언가가.

나는 취업을 했다. PD는 아니었지만 어쨌든 방송국이었고, 텔레비전을 맨날 볼 수 있을 테니 괜찮은 직장일 거라 생각했다. 첫 출근 날, 팀장님은 개인 미팅 자리에서 텔레비전에 대한 꿈과 희망이 가득 담긴 나의 이력서를 다시 보고는 단호하게 말했다. "방송국 다니면 텔레비전 싫어져." 그 말을 정확히 일주일 만에 체감했다. 우리 부서 사람들은 모두 텔레비전을 싫어하는 인간이었다. 드라마도 예능도 아무것도 보지 않았고 눈과 귀가 늘 지쳐 있었다. 업무와 관련된 중요한 시간대를 제외하고는 텔레비전

자체를 끄거나 뮤트해놓았다. 처음엔 슬펐지만 나
역시 일이 손에 익을 무렵이 되자 텔레비전에서 일
어나는 모든 것이 꼴 보기 싫었다.

엄마가 클리닉까지 고민할 정도로 심각했던 나
의 TV 중독은 그렇게 허무하게 치료되는 듯했다.
'가장 좋아하는 일을 직업으로 삼아서는 안 된다.'
지금은 이 말에 동의하지 않지만 그때는 정말 맞는
말이라며 백 번 천 번 고개를 끄덕이며 지냈다.

텔레비전 강제 디톡스를 통해 삶의 이유를 송
두리째 빼앗기고는 권태로움에 빠져 지내던 때, 뭐
라도 해야지 이대로라면 아무런 취미도 없는 풍선
같은 인간이 되겠구나 싶은 마음이 들었다. 그때 친
하게 지내던 친구가 트위터를 했었는데 그 안에서
일어나는 이야기들을 전해 듣는 것이 너무 재미있었
다. 가입을 하려고 메일 주소를 넣어보니 대학생 때
이미 만들어둔 계정이 있었다.

소리 없는 텔레비전을 계속 보다 보니 화면에
내 멋대로 코멘트를 하는 능력이 생긴 것 같았다. 화
면 단위로 끊어서 트위터에 올렸더니 사람들은 그
방송이 왜 웃긴지, 내가 왜 이런 코멘트를 하게 되었
는지, 또 이렇게까지 망한 콘텐츠가 어떻게 그대로
전파로 송출될 수 있었는지 분석해서 되돌려줬다.

나는 그중 누군가가 했던 말처럼 '전생을 찾은' 듯이 트위터 세상에 빠르고 깊게 적응했다.

자주 변하고 없어지는 물리적인 공간을 대신해 다음 카페에 가입하고, 네이버 블로그를 만들고, 호스팅을 사서 나모웹에디터로 홈페이지를 꾸몄던 것처럼, 또 하나의 내 방을 찾은 것이다.

위대한 하루

오디션 예능이 유행일 때 한국 사람들 꿈이 전부 가수인 것 같았다. 이 오디션에서 합격하면 인생이 완전히 바뀔 것처럼 광고를 하니까. 이승철과 윤종신은 구세주 같았다. 기회, 운, 태도, 노력, 덕, 체력, 모든 것을 갖춰야 한다고 몇 주 내내 세뇌하듯 강조했다. 그 모든 걸 갖춘 사람에게 우승 상금 1억 원과 자동차를 특전으로 주는 것은 너무한 처사가 아닌가 싶었지만. MBC에서 〈위대한 탄생〉이란 제목의 오디션이 시작하자 정말로 내가 가진 모든 노력을 통해 돈과 명성을 쌓는 것만이 '위대한 인생'인 것처럼 느껴졌다. 그게 조용필의 밴드 이름이라는 건 나중에 알았다.

내가 생각하는 '위대한 하루'가 있다. 새벽 네 시에 기상해서 피아노 연주곡을 들으며 물을 끓이고 찻잎을 준비한다. 차가 충분히 우러날 동안 창문을 열어 환기를 하고 하루 스케줄을 꼼꼼히 체크한 뒤, 연주곡을 끄고 차를 마시면서 아침 뉴스를 본다 (정말 쓸데없는 부분이지만 이런 사소한 순서 같은 게 나름 있다.) 조금씩 동이 틀 때쯤 30분 코스의 조킹을 시작한다. 반드시 한강 다리 중 하나가 코스에 포함되어야 한다. 떠오르는 해를 보며 거룩하게 마음을 다잡고 집에 와서 상쾌하게 샤워를 한 뒤 블루베리를 생으로도 먹고 믹서로 갈아서도 먹는다. 친구한테 이런 풍경의 하루를 시작하고 싶다고 했더니 '전체적으로 토할 것 같다'는 답을 들었다. 그런 반응도 이해된다. 새벽 네 시에 일어나는 것은 이명박 전 대통령의 루틴에서 영향을 받은 것이기 때문에.

아무튼 나는 저 '위대한 하루' 계획을 한 번도 실행한 적이 없다. 이제껏 살아온 날들의 통계상 새벽 네 시는 보통 야근을 하고 있거나 그때쯤 잠이 드는 시간이고, 그래서 냉장고엔 항상 박카스나 커피가 있다. 피아노 연주곡은 솔직히 잘 모른다. 조성진은 좋다. 귀엽게 생겼기 때문이다. 새벽엔 조용한 케이팝을 듣고, 아침엔 시끄러운 케이팝을 듣는다. 어쩌다 일찍 눈을 뜬 날엔 뉴스보다는 트위터 실시간 트렌드를 먼저 확인하고, 그러다 다시 잔다.

한강이 포함된 30분짜리 코스를 달리려면 우선 강변에 있는 집에 살아야겠지? 나는 동부이촌동이 좋다. 이촌한강공원이 한강공원 중에 제일 멋지고 여의도에서 불꽃축제 할 때도 베란다에서 바로 불꽃놀이를 감상할 수 있다고 한다. 동네 이름이 다섯 글자인 것도 미치겠는데 방향이 앞에 붙어 있다니. 지명인데 약간 전설의 타짜 같다. 동부의 아귀, 서부의 짝귀 이런 느낌. 그래, 그래서 그 동네에 사는 것이 언제일까. 언제냐면… 나도 모르지(짝귀 역의 주진모 말투로 읽어야 한다.) 그래도 언젠간 살게 되지 않을까? 이런 최면들로 한강은커녕 하천 하나 보이지 않는 기숙사와 자취방에서 20대를 보냈다.

인간이 뜨겁거나 미지근한 물을 마시는 것이 좋다는 사실을 처음 알았을 때 진짜 소리를 질렀다. 초등학교 4학년 때쯤 배운 생활 지식이다. 나는 차가운 물, 그것도 얼음을 가득 넣은 물을 어떤 음료수보다도 좋아했는데, 가뜩이나 내가 하는 모든 걸 세상이 저지한다고 생각할 무렵이라 저 얘기를 듣자마자 진절머리를 쳤다. 하다 하다 물 처먹는 걸로도 나를 반대하려고 하는구나! 분했다. 왜 내가 좋아하는 것들은 전부 나한테 해롭지? 왜 내가 원하는 것을 성취하려면 인내하고, 생각하고, 노력하고, 행동하고, 반성해야 하지? 어른이 되면 내가 직관적으로, 본능적으로 선택한 것들이 다 옳은 것이 되는 거 아닌가?

나는 정말 신기한 지혜와 현명함이 나에게 저절로 주어질 거라 확신했다. 그래서 판단하고, 적응하고, 때로는 참아내는 능력을 기르지 않았다. 살다

보면 나에 대한 나의 믿음도 그냥 자연스럽게 깊어
질 거라고 생각했다. 세상에 뿌려진 마취에 가까운
카피들은 나를 더 부추겼다. '나의 방식대로 간다.'
'나다운 게 가장 중요하지.' '니가 하고 싶은 대로
해, 그게 정답이야.'(대부분 신발이나 청바지, 쭈쭈바
광고 카피다.) 도대체 어떤 사람이 왜 한 건지도 모
를 말들을 내 인생에 덕지덕지 갖다 붙였다. 아무것
도 훈련되지 않고 할 계획도 없는 자신을 향해서 계
속 믿는다는 말을 반복하는 것은 정말 무서운 일이
었다. '나는 나를 믿는다.' 이 말 하나로 나는 내 모
든 생각과 행동을 승인하고 스스로를 자주 속였다.

    험난했다. 글을 쓰는 동안 너무 많은 좌절을 겪
었다. 나는 팬픽 한 편도 제대로 써본 적 없는 사람
이었던 것이다. 글을 쓰는 일이 어떤 건지 전혀 모른
단 사실을 뒤늦게 깨달았다. 그래도 어떻게든 해야
했다. 매일 뭔가를 미친 듯이 적었다. 매직노트 같았
다. 저녁에 쓴 글을 아침에 다시 읽으면 전부 사라지
는. 무언가를 짓는다는 것은 이렇게나 어려운 일인
데 나는 누군가가 지어놓은 것에 대해 쉽게 이야기
해도 되는 걸까? 내공 없는 비평이란 결국 내 콤플렉
스만 드러내는 일일 텐데. 어설프고 엉성하고 나쁜

것들에 대한 질책은 고스란히 나에게 돌아와 쌓이기 시작했고, 결국 이 글도 나를 믿지 못해 내가 나를 속인 수없이 많은 순간 중 하나가 될 것 같았다.

'위대한 하루' 같은 것은 어쨌든 내 상상 속 목표니까 한 번쯤은 실행해볼 만한 일이겠지만 내 일상의 풍경이 될 순 없을 것이다. 기적의 졸부가 되어 좋은 집을 산다 한들 기상 시간부터 글러먹었다. 전엔 그 사실을 인정하기가 지독하게 싫었다. 어떻게든 저 모형에 다가가고 싶었고 그 비슷한 삶을 살고 있다고 남들에게 보이기를 원했다. 그래서 숨겼고, 자책했고, 울었고, 화냈고, 자포자기했고, 결국 모든 것을 비아냥대며 자조에 빠졌다. 저게 다 각각의 독립된 감정이 아니라 하나의 과정처럼 전부 이어져 있단 사실을 겪어본 사람들은 알 것이다.

나는 '껍데기만 위대한 하루'를 내 일상으로 만들기 위해 애썼다. 좀 더 구체적인 것을 욕망하고 거기에 맞게 노력하는 방법을 배웠어야 했는데 잘 안 됐다.

이제 크게 바라는 건 없다. 진짜 성취감을 느껴보고 싶다. 거창한 말들에 속지 않고 매일 무언가가 쌓이고 걸러지는 '그저 그런 하루'가 필요하다.

다시 보기

내가 죽게 될 도시

서울에서 제일 낭만적이라고 느끼는 곳은 영등
포역 앞 횡단보도다. 언제든 보도의 가로 면적을 가
득 채워 사람들이 서 있고, 얼굴을 알아볼 정도로 적
당히 먼 거리에서 마주보고 있다가 길을 건넘과 동
시에 완전히 다른 방향으로 교차한다. 많은 사람의
옷깃이 차갑게 스칠 때 나는 서울의 계절을, 사람을,
순간을 느낀다. 이곳에 처음 도착했던 날부터 지금
까지.

서울에 정착하면서 나는 홍대를 제일 먼저 알
았고 제일 편하다고 느꼈다. 늘 방송을 통해 '젊음'
으로 학습된 이미지의 공간. 사람들은 전부 멋지고,
젊고, 아무렇게나 입었고, 아무데서나 술을 마시고,
자고, 침을 뱉고, 노래를 불렀다. 그땐 홍대니까 그
게 젊음을 구속하는 모든 것에 저항하는 건 줄 알았
다. 지방에서 올라온 10대인 내 눈에 보인 홍대는 그
랬다. 언제든 특별한 일이 일어날 것 같았고, 무슨
짓을 해도 용서받을 것 같았다.

대학교에 다닐 때는 삼청동에 자주 갔다. 천장
이 높은 미술관에 가서 큰 그림 앞에 서 있으면 아

무 생각을 하지 않아도 뭔가 된 것만 같았다. (그럴
리 없지만) 멀리 보이는 북악산에서 내려온 것 같은
차갑고 가벼운 공기, 사람과 사람 사이의 넉넉한 거
리, 웅장한 건축물들의 세련되고 약간은 비린 냄새.
머리를 비우고 오도카니 그 안에 서 있으면 몹시 허
무했고 그래서 좋았다. 아트선재에서 독립영화를 보
고 풍문여고 앞길을 따라 안국동을 걸으면 중학교
때 친구들이랑 했던 얘기들이 생각났다. "서울에 가
야 된다. 일단. 무조건. 그거 말곤 답이 없다." 그 말
이 떠오를 때마다 좌절하듯 생각했다. 진짜 답이 없
었을까?

　　대학교를 졸업할 무렵엔 이태원에 자주 갔다.
친구의 절반은 공시생이 되었고, 절반은 인턴을 하
거나 취준생 신분을 담보로 놀기에 바빴다. 서울 생
활에서 홍대가 지겨워지기 시작하면 이태원으로 가
는 거라고 누가 그랬다. 공간의 접근 방식부터 달랐
다. 아마 내가 터키에 눌러 살 일이 생기더라도 그때
만큼 많은 케밥을 먹지는 못할 거다. 게이들이, 트랜
스젠더들이, 외국인들이 본 적 없는 얼굴로 밤마다
거리에 가득했다. 이태원은 내가 알아서 적응을 해
야 하는 곳이라고 생각했다. 외국에 여행 온 관광객
처럼. 그래서 꽤 오래 머물렀다. 회사를 다니기 시작

하면서도 그곳이 제일 편했다. 늘 보광동의 골목들을 걸었고 경리단의 언덕을 올랐다.

언젠가부터 서울의 모든 곳이 파스를 떼어낸 자국처럼 얼얼하고 지저분하게 느껴졌다. 제일 좋아했던 사람과 소리를 지르며 싸웠던 일도, 면접에 떨어져서 15킬로미터를 걸었던 길도, 늘 생각만 해도 가슴이 아픈 친구와의 마지막 만남도, 내 20대를 통틀어 가장 사랑했던 친구와의 기억들도 다 서울 곳곳에 있다. 모든 서울의 공간이 실수와 안타까움과 이상한 욕망으로 채워지게 됐다. 서울이 싫었고, 그 감정들이 아물고 나니 어디든 지루했다. 관광객처럼 이곳을 동경하고 떠돌 때가 좋았는데. 나는 왜 여기에 오게 된 걸까.

'응답하라' 시리즈는 지역색이 곧 콘텐츠다. 〈응답하라 1997〉은 부산의 고등학교, 〈응답하라 1988〉은 서울 쌍문동. 〈응답하라 1994〉는 전국체전처럼 한 하숙집에 전라도, 경상도, 충청도, 서울 출신 대학생을 한꺼번에 살게 한다. 한 에피소드에서 〈이문세의 별이 빛나는 밤에〉를 듣는데 서울 출신인 칠봉이를 제외한 모든 캐릭터가 각 지방 DJ의 이름을 말했다. 충청도에서 올라온 PD 지망생 빙그레는 이문세가 하는 '오리지널 별밤'을 들어보는 게 소원이었다고 말한다. 나도 그랬다. 나는 〈유재석 김원희의 놀러와〉를 못 보는 게 화가 났다.

학교 졸업하면 대구 MBC 공채를 써보는 게 어떻겠냐고 엄마가 물은 적이 있다. 나는 왠지 부대꼈다. 지방에 사는 입장에서 학교 선생님들이 종종 말했던 '지방 방송 꺼라'라는 말을 떠올렸다. 그 말을 들을 때마다 웃기면서 슬펐다. 지방 방송국이 만드는 모든 것은 제작이라고 부르기엔 민망한, 그저 타지의 기록이라고 생각했다. 같은 공적 이슈를 다루더라도 그들은 언제나 보도에 의의를 둘 뿐, 그 이상의 일을 만들지 않고 만들 능력도 돈도 없는 것처럼 느껴졌다. 엄마의 제안은 고마웠지만 힘들게 준비해 지역 방송사 PD가 될 바엔 공무원을 준비하는 게 낫지 않을까 생각했다. 지역 방송사가 나를 합격시켜준다고 한 것도 아닌데, 그때는 그랬다.

텔레비전을 보는 것도, 만드는 것도 모두 서울에 가야만 이루어지는 꿈이었고 왠지 지방으로 '밀려난다'는 마이너한 감정을 느끼지 않는 게 중요했다. 내가 걸었던 거리가 오늘 저녁 예능 프로그램과 드라마에 나오고, TV 속 사람들이 간 곳을 내일 아침 눈 뜨면 걸어볼 수 있어야 했다. 텔레비전 속 세상과 내 세상 사이의 유대가 좀 더 가까웠으면 좋겠다고 생각했다. 그런데 아무리 생각해도 재미있어 보이는 일들은 서울에서만 일어나고 있었다.

사람들은 〈테이스티 로드〉, 〈식신로드〉, 〈맛있는 녀석들〉을 따라 걸으면서 먹는다. 경리단길, 가로수길이었던 그 거리들은 망리단길, 송리단길, 평리단길, 샤로수길이 됐다. 〈나 혼자 산다〉, 〈미운 우리 새끼〉를 필두로 한 연예인 관찰 예능들은 '1인 가구 탐방'을 기획의도로 내세우지만 그 관찰은 '서울'을 '살아가는' '연예인'의 '삶' 중에서도 유독 '서울'에 방점이 찍혀 있다.

한국 사회에서 지방 자체가 소외나 박탈감을 느끼기 쉬운 공간이지만, 미디어의 극단적인 서울 중심주의는 서울에 대한 지방의 식민성을 확대하고 불만을 부추기고 좀 과장되게 말하자면, 서울에 가야 저런 삶을 영위할 수 있을 거라는 빠지기 쉬운 착각을 조장하기도 한다. 그래서 지방 청년들에겐 그렇게 조성된 미디어의 환경 자체가 삶의 어떤 한계로 작용하기도 하는 것 같다.

〈스쿨어택〉빅뱅 편은 경상북도 김천의 중학교를 불시에 방문해 콘서트를 열었다. 빅뱅이 학교에 왔다는 사실에 감격한 한 학생의 인터뷰는 웃기면서도 짠한 영상으로 마음속에 남아 있다.

"정말 김천에 이런 일이 일어날 수 있다는 게 환상적이져! 안 그래여!? 누가 이런 촌구석에! 이런 일이 일어날 수 있다고 생각하겠어여? 안 그래여?"

나는 그 학생을 보면서 대구 MBC의 〈텔레콘서트 자유〉를 생각했다. 2000년부터 약 8년간 방영한 이 프로그램은 지금도 지방 방송 자체 제작 프로그램 중에서 가장 성공적인 사례로 꼽힌다. 〈유희열의 스케치북〉이나 〈윤도현의 러브레터〉와 비슷했는데 차별점이라면 지방 방송답게 이소라, 윤도현 같은 이름이 알려진 사회자가 따로 없다는 것이었고, 그래서 출연 가수가 관객 앞에서 오롯이 한 시간을 이끌어가는 것이 매력으로 작용했다. 이승철부터 빅뱅까지 출연진이 탄탄하고 구성이 좋아 타 지역 MBC에도 송출될 만큼 지방에선 꽤 인지도가 있었다. 나도 여러 번 응모를 했고 김윤아가 출연했을 때 기적적으로 당첨됐다. 학원도 다 빠지고 엄마 몰래 찾아간 공연장에서 '봄날은 간다'를 직접 듣는 일은 꿈만 같았다.

지금도 그 노래를 들을 때마다 나에게 환기되는 공간은 신천과 대백프라자, 삼각로터리인데, 고향 친구가 아니라면 누구한테 말을 꺼내도 쉽게 공감을 얻을 수 없는 지명들이자, 뱅뱅 돌아 집에 가는 나에 겐 익숙했던 버스 코스다. 이런 촌구석에, 이런 일이 일어나다니, 환상적인 순간이라고 말은 하지 않았지 만 내 마음이 대신 생각했겠지.

과거의 나에게 고향이란 물이 없는 어항 같았 다. 출세를 위해 준비하고 상경을 위해 대기하는, 오 로지 밤늦은 시간의 학원 차와 학원 간판만이 에너 지를 가진 멈춰진 공간. 나는 반짝이는 낚싯바늘을 하염없이 기다렸고, 결국 바다 같은 서울에 오는 데 성공했다.

그러나 매일 더 깊은 곳으로 가라앉는 기분이 든다. 그래서 쓸데없이 그 어항에 물이 채워져 있었 다면 어땠을까 가정해본다. 내가 어느 곳에 살고 있 건 지겹고, 싫고, 떠나고 싶을 때 떠날 기회가 내 집 앞과, 내 회사 근처와, 내가 보는 텔레비전까지, 모 든 곳에 있었더라면. 그 어항에서 자랐다면 나는 지 금 무엇을 동경하고 어디에 있을까.

안녕들 하시렵니까

시트콤을 좋아하는 이유는 정말 많지만 제일 좋은 이유는 역시 우리 집에서 일어나면 완전 풍비박산 날 일도 효과음 하나로 해결되는 동화적인 결말 때문이다. 〈모던 패밀리〉가 9년간 방영될 수 있었던 건 진짜 저래도 되나 싶은 실수도 어떻게든 가족의 힘으로 훈훈하게 마무리되기 때문이고(정말 9년간 늘 똑같은 실수를 저지르고 같은 교훈을 얻기를 반복하고 있다), 〈지붕 뚫고 하이킥〉 마지막 장면이 두고두고 욕을 먹으면서 패러디되는 것도 '무조건 해피엔딩'이라는 시트콤 문법을 어겼기 때문이다. 물론 장르에 대한 배신감은 시청자 혼자 느꼈고 창작자는 장르를 얼마든 바꿀 자유가 있지만, 막상 내가 당해보니 배신감이 커서 잠도 못 잘 것 같았다(나는 거의 모든 드라마에서 해피엔딩보단 누군가 죽거나 사라지거나 망하는 파국을 좋아하는 편인데 〈지붕 뚫고 하이킥〉의 마지막 장면에는 화가 났다. 신세경은 진짜 행복해졌어야 했다.)

〈안녕하세요〉는 이런 장르적 배신의 전형이다. 나는 이 쇼가 이렇게 오랫동안 방송될 줄 몰랐다. 자기 고민을 수백 명이 모인 커다란 세트에서 오픈하고 그 고민의 심각성을 전문가는커녕 생전 처음 보는 방청객과 시청자들에게 심판을 받는다니. 그리고 그게 진짜 심각한 고민이면 당사자에게 돈을 주고 나중에는 그 고민들끼리 리그전을 한다니. 완전 웹툰에 나올 만한 발상 아닌가? 가장 무서운 것은 역시 세트다. 내가 고민이 있어서 전 국민이 다 보는 방송에 나가게 됐는데 대형 미끄럼틀을 타고 내려와 볼풀에 빠지면서 등장해야 된다면? 그 등장 방식에 대한 설명을 듣는 순간부터 그전까지 내가 하던 고민은 고민도 아니게 되는 거다.

그래서 완전히 쇼라고 생각했다. 자본주의의 부조리를 고발하는 건가 싶을 만큼 과장된 세트, 누구 놀리나 싶게 경박스러운 '대.국.민.여.러.분 안녕하쎄요~' 하는 주제곡이 코미디쇼라는 믿음을 줬다. 다 연출된 재연극 같은 거니까 봐도 괜찮다는 믿음. 아무리 각색됐다고 해도 일반인들이 자기 실제 삶을 걸고 출연하는데 통제 불가능한 소재는 나오지는 않을 거란 믿음. 거기다 진행자가 이 쇼가 만들어진 이유나 다름없는 〈컬투쇼〉의 베테랑 진행자였으니까. 컬투가 웃기는 버블헤드처럼 버티고 앉아 있으니 어떤 사연이 나와도 재미있게 해결될 것 같았다.

그런데 〈안녕하세요〉는 10년 가까이 그런 믿음을 조금씩 배신하며 TV 가정법원이나 심리치료를 위한 시청각 자료로 장르가 변했다. 감당하기 버거운 사연에 신동엽, 이영자, 컬투마저 종종 얼굴이 하얗게 질려가다, 이제는 어지간한 사연에는 미동조차 하지 않는다. 그 자리에 앉아서 '처제와 더 가까운 형부', '딸에게 스킨십이 과한 아버지', 이런 사연을 내내 들어야 한다니. 거기다 그 많은 방청객과 홍보차 출연한 연예인들의 근황까지 챙겨야 한다니. 해병대 영혼 트레이닝도 아니고 나는 절대 못 버틴다. 내가 경악한 고민 사연들이 지어낸 게 아니라 당사자의 진짜 일상이라는 것을 자각하면 그 자체가 내 고민이 되고, 나는 최대한 고통스럽게 연기해서 그걸로 바로 〈안녕하세요〉에 출연해 고민 왕중왕이 될 것이다.

'안녕들 하십니까'로 시작하는, 세대적 소회가 담긴 대자보가 고대 후문에 붙었을 때 나도 같은 학부에 다니고 있었다. 20대 초반의 나는 모든 것에 회의적이었다. 어떤 사회 문제든 저마다 해석하는 방식이 있다고 믿었고 그중 가장 보편적인 것을 문학과 영화와 음악 같은 것이 대강 감당하면 된다고 생각했다. 내가 사회적으로 어떤 좌표에 위치해 있는지 확인하는 것도 싫었고, 그래서 당연히 내 목소리도 없었다. 모든 집회는 어차피 실패하고 모든 토론은 무용하다고 생각했다. 나는 내가 냉소적인 사람이라고 생각했다. 그래서 다른 사람에게 기대지 않아야지, 다른 사람 이야기도 선을 긋고 들어야지, 이런 기준들을 계속 만들었다. 어떤 계기가 있어서라기보단 그냥 그게 어른스러운 건 줄 알았다. 감정적인 빚을 지지 않는 게 인간관계에서 제일 중요했다.

그래서 고민을 털어보라고 말하거나 공감을 잘해주는 사람들을 믿지 않았다. 개인적으로 궁금한 게 있으면 지식in을 쳐보면 됐다. 나랑 비슷한 고민을 하는 사람도 많고 평생 얼굴 안 볼 사람들이 아무렇게나 써준 답변도 내가 알아서 받아들이면 되니까. 그렇게 그러고 말면 그만이지 하다 보니 어느 순간부터는 인생이 걸린 고민을 듣고도 지식in 답변 수준으로 대하고 있었다. 냉소적인 것도 내실 있는 사람들이나 하는 거지 나 같은 사람이 하면 이렇게 되는구나 싶었다.

네 살 아래인 여동생과는 언제부턴가 서먹해졌다. 아니 정확히 어느 시점부터 그렇게 된지 알았지만, 제대로 직시하고 싶지 않았다. 동생은 조금 별나다 싶을 정도로 명랑한 꼬마였다. 삭발한 채 유치원을 다녀도 즐거워했고, 노래가 없어도 춤을 췄고, 날이 어둡도록 꼬마들을 데리고 온 동네를 누볐다. 같이 장단을 맞추기엔 나이차도 애매했고, 성격의 온도도 다르다고 생각했다. 나는 늘 동생의 공부를 가르쳐야 했고, 엄마가 없고 할머니가 바쁠 때 동생들을 통제해야 했다. 나이 어린 이모와 조카의 관계에 더 가까웠다. 동생들에 비해서 모범생이나 가정교사에 가까웠던 내가 학교를 그만두자 관계가 조금 달라지기 시작했다. 나는 집을 나와 가족과 떨어져 서울에서 독립을 했기에 그런 사실을 인지하지 못했다. 모든 것을 잊고 나의 방황에 집중하고 있을 때 가세가 기울었고 동생은 철없는 나 대신 맏이 역할을 하며 막냇동생의 멘토, 엄마의 버팀목이 되었다. 이것도 전부 아주 나중에서야 내 나름대로 수습하듯 파악한 상황이다. 거의 10년간 동생이 어떤 생각을 하는지 제대로 된 대화 한 번 하지 못했다.

동생은 대학교를 졸업하기 전에 취직을 했다. 전공과는 관련 없는 회사였고, 사무직보다는 현장직에 가까운 부서에서 업무를 봤다. 가끔 만나면 동생은 스트레스로 괴로워했는데 나는 동생보다 몇 년

일찍 회사 생활을 해봤기 때문에 "첨엔 다 그래", "남의 돈 버는 게 쉬운 게 아냐" 같은 진부한 대답으로 일관하면서 깊게 얘기하고 싶지 않다는 걸 에둘러 표현했다.

동생이 회사를 관두려 했다. 여자 사원들만 입는 짧은 치마 유니폼, 여자 사원들만 하는 간부들 방 청소, 쉴 새 없이 계속되는 외모 품평과 원치 않는 남자 선임들의 접근 같은, 남초 회사의 고질적인 문제들 때문이었다. 당장의 금전적인 문제나 재취업의 어려움 같은 고민 때문에 2년을 주저했지만 간절하게 벗어나고 싶다고 했다. 왜 회사에 직접 건의하지 않았냐는 말은 하지 않았다. 그런 말을 했을 때 한 번도 대답이 돌아온 적 없다는 것을 알고 있었기 때문이다. 나 또한 한 번도 제대로 된 대답을 하지 못했던 것처럼.

학부생 때 친한 선배가 종강 때 교수, 조교들과 같이 술자리를 가졌다. 나는 이후에 바로 다른 시험이 있어서 참석을 못했는데 선배가 그 자리에서 교수와 선배에게 추행을 당했다. 선배는 모두가 아주 좋아하는 외향적이고 쾌활한 사람이었는데, 그래서였는지는 몰라도 그 일을 겪고 꽤 지나서야 나한테 그 사실을 털어놨다.

"나 말고도 많이 있는 일이잖아. 그치? 내가 참 아야지."

어렵게 고민을 터놓고도 결국은 흔한 자조로 묻혔다. 그런데 그 이야기를 들은 날 잠이 오지 않았다. 잘 수가 없었다. 아니 대체 왜 이런 찝찝한 기분이 드는 거지? 나도 전에 이런 일 있었는데 그냥 넘어갔잖아? 갑자기 왜? 이렇게 대충 살기로 스스로 선택한 거 아닌가? 힘들었다. 나는 이런 고민에 아무런 대답도 해줄 수 없는 사람이 된 것이었다. 막연한 공포가 생겼다. 일은 예상하지 못한 방식으로 풀렸다. 그렇게 덮어둘 것 같았던 당사자가 총여학생회에 문제를 알렸고, 해당 강사는 징계를 받았다. 나는이 일이 있고 난 뒤에 얼마 가지 않아 휴학을 했다. 선배는 아무렇지 않아 했지만 그냥 학교에 다니기엔 아무 힘도 되어주지 못했다는 자괴감이 들었다.

20대 초중반인 나와 내 주변에 일어난 몇 가지 절박한 상황들은 이렇게 번번이 자책과 피로로 묻혔다. 나는 점점 무력감에 익숙해져갔다. 사람을 만나면 아주 피상적인 이야기만 나누며 커피를 마시고 헤어졌고 가끔은 집에 들어가 울었다.

가슴속 이야기들이 쌓이고 견딜 수 없어 곪은 상처가 터졌을 때는 여자가 죽고, 당하고, 슬퍼하다

원혼이 되는 것을 익숙하게 여기는 이 세상 곳곳에서 절규가 시작된 때였다. 나와 비슷한 고민을 했던 사람들은 강남역 10번 출구 앞, 혜화역, 광화문, 대법원 앞에 모였다. 숨을 쉬고, 일을 하고, 밥을 먹는 모든 자리가 예전 같지 않았다. 전국의 중학교와 고등학교 학생들도 손을 잡고 맞섰다. 사랑했던 예술들은 더 이상 낭만적인 것이 아니었고, 내가 좋아했던 노래 '다시 만난 세계'는 슬픈 노래가 되었다. 낙태의 자유를, 임금의 불평등을, 수사기관의 편파성을 규탄하며 국가의 답변을 촉구했고, 사회를 바꿨다. 그리고 나도 많이 변했다.

애스크에프엠(ASKfm)은 익명의 사람에게 질문을 받는 앱이다. 나는 내 애스크에프엠 계정의 링크를 올려두고 사람들이 걸어오는 말들에 어떻게 재미있게 대답할지 궁리한다. 그런데 조금 심오한 질문을 들어오면 그대로 말문이 막힌다. 사연이 중심인 수많은 라디오 프로그램이나 〈안녕하세요〉, 〈마녀사냥〉, 〈연애의 참견〉 같은 사연 예능들도 비슷한 문제들을 갖고 있는 것 같다. 질문자와 답변자의 견해 차이에서 오는 재미를 즐기지만, 정작 제대로 된 솔루션이 필요한 문제 앞에서는 난감함을 드러내다 결국 무책임하게 마무리된다. 나는 고민 앞에서 냉소하지 않는 이 방송들의 취지가 좋다. 그래서 문제적인 고민들을 회피하거나 자극적인 소재로 사용하고 마는 것이 매번 아깝다.

어떤 고민은 가십이 되기도 하고 어떤 고민은 큰 변화의 불씨가 되기도 한다. 지상파 방송의 '예능'이라는 장르는 한계가 되기도 하지만 사람들의 접근이 쉬운 만큼 쟁점을 만들기도 쉽다. 시시콜콜한 잡담형 고민들로 웃는 것이 가능하다면 문제적인 고민들을 다양한 관점으로 다루며 새로운 비전으로 제시할 수도 있다. 고민에 경중은 없지만, 그 고민을 풀어내는 방식에는 차이가 있어야 한다.

한동안 밖에 나가지 않은 적이 있다. 학교에 휴학계를 내고 스물한 살부터 스물두 살까지 꼬박 1년 동안 집에서 은둔 생활을 했다. 연락처를 주고받았던 모두를 차단하고 약간 은퇴 후의 심은하를 마음에 품으며 신비주의인 척하며 살았다. 나를 아는 사람들 사이에서 성형수술을 했다느니 애를 낳았다느니 하는 소문도 생겼다. 시간이 한참 지난 후에 가족이나 가까운 친구에게 그 시기에 대해 추궁을 당하면 약간 비장한 말투와 사연 있는 얼굴을 한 채 둘러댔다. "좋지 않은 상황들이 겹쳐서…." "마음의 병에 걸려서…." 완전히 맞는 말은 아니었지만 영 틀린 말도 아니었다.

어릴 때 어른들은 '대학에 가면 예뻐진다'는 얘길 자주 했다. 이 얘기를 듣는 상황은 여러 가지다. 조금 살이 쪘거나 옷을 제대로 갖춰 입지 않거나 했을 때 습관적으로 외모 칭찬할 말을 찾다가 못 찾으면 끝내 격려하듯 하는 말이다. 혹은 봉 고데기와 쌍꺼풀 테이프를 들고 서로 꾸며준다며 놀거나 연애를 막 시작했을 때 경고하듯 하는 말. 그때는 막연히 듣기 싫은 소리라고 생각했는데 그 문장에 담긴 함의가 얼마나 무서운 것이었는지 어른이 돼서야 알았다. '대학에 가면 예뻐진다'는 마법 같은 말은 '대학에 가면 필사적으로 예뻐져야 한다'는 뜻이었다. 졸업, 입학 선물로 가장 인기 있는 것은 쌍꺼풀 수술이었고, 수능 직후부터 대학에 입학하기 직전까지 단식원에 들어간 친구도 많았다. 사실 입학 전에 뭘 해야 하는지 잘 몰랐다. 열아홉에서 스무 살이 되는 그 짧은 시기에 나와 친구들은 '여자'가 되어야 한다는 강박에 시달렸다. 누가 시키지도 않았는데 입맛이 떨어졌고, 화장 같은 걸 배우며 진화를 기다리듯 막연히 시간을 죽냈다.

학교에 입학하니 압박감은 경쟁심으로 변했다. 밖에 나갈 채비를 하는 데는 적어도 두 시간이 걸렸다. 새벽에 일어나 잘 때 입었던 압박 스타킹을 벗고, 샤워를 하며 붓기를 빼고, 바디로션을 꼼꼼히 바르고, 머리를 만지고, 옷을 입고, 화장을 하고 향수까지 뿌린 후, 최종적으로 꾸미지 않은 것처럼 보이기 위한 신경까지 쓰면 두 시간도 빠듯했다. 도서관에서만 대여섯 시간을 보내던 시험 기간에도 시험 끝나고 있을 약속을 위해 그렇게 꾸며댔다. 아르바이트를 하거나 야외 활동이 있는 날에도 고구마 하나, 계란 한 알을 먹고 버텼다. 행사가 있는 날에는 미용실에서 드라이를 받기도 했고, 틈만 나면 친구들 몰래 혹은 친구들이랑 같이 이곳저곳 시술을 알아보려 다녔다. 뭐 길지도 않았다. 1년을 그냥 그렇게 살았다.

1학년 겨울방학이 한창일 무렵 밖에 나가려고 샤워를 하는데 갑자기 너무 어지러웠다. 밥을 자주 굶어서 기립성 저혈압 같은 것에 익숙하던 때였다. 그런데 그날은 달랐다. 머리로 피가 몰리는 것 같은 느낌이 들더니 전기가 통한 듯이 온몸이 저렸고 살면서 처음 겪는 슈퍼 급성 두통이 시작됐다. 한참 바닥에 앉아서 샤워기에서 떨어지는 물을 맞다가 이대로 죽을 수도 있겠단 생각이 들었다. 죽어도 지금 죽으면 안 되지 나는 발가벗고 있는데! 욕실 바닥을 기면서도 그 생각이 앞섰다. 다행히 자취하던 오피스텔 옆에 좀 큰 병원이 있었다. 대충 옷을 챙겨 입고 그날 만나기로 한 학교 선배에게 응급실 좀 와달라고 연락을 했다. 간단한 수속을 마치고 침대에 쓰러져서 정신을 잃은 채 두 시간 정도 수액을 맞았다.

대개 그렇듯 '특별한 이상은 없지만 면역력이 낮아져서'란 말을 들었다. 혼자 약을 지어서 집에 돌아왔다. 천장을 보고 한참을 누웠다. 몸에 있는 모든 힘이 빠져서 휴대폰 든 손을 움직일 수가 없었다. 정말 모든 것이 싫었다. 그 와중에도 거울을 보니 내가 너무 못생겨 보였다. 그래서 그날부터 1년간 나는 방밖으로 나가지 않았다.

자발적 감금 생활의 필수품은 역시 인터넷과 텔레비전이다. 나는 거의 모든 종류의 방송을 봤다. 지금 범람하는 뷰튜브의 모태라 할 수 있는 〈겟 잇 뷰티〉는 밖에 나갈 일 없는 사람에게는 하등 쓸모없는 방송이었으나, 당시 온스타일 방송 특유의 쿨한 척은 내가 갇혀 있는 세계와는 완전히 다른 공기를 느끼게 해주어서 꼬박꼬박 시청했다.

이 방송은 정말 대단했다. 일부 연예인 미용실에서나 공유되던 팁들이 공짜로 쏟아져 나왔다. 화장품을 신줏단지처럼 모시고 그걸 다시 해체하며 비교하고 리뷰하고, 메이크업 비포 애프터를 마술 쇼처럼 보여줬다. 방송은 미용에 대한 철학 자체를 마치 종교처럼 심었다. 화장을 잘 못하는 여자들은 그 자체로 아름답지만 이렇게 떠먹여주는데도 화장을 안 하는 여자들은? 이상한 사람이었다. '자기관리'란 신체적 불편함과 고생을 감수하면서도 '여자의 도리'를 지키는 일을 뜻했다.

제일 인기 있었던 파운데이션은 그다음 주에

나온 파운데이션에 바로 밀렸다. 매주 최고의 아이 템들이 소개되는데 저걸 다 사야 되는 건가 싶은 생각이 드니까 또 어지러웠다. 저 짓을 하기 싫어서 이렇게 누웠는데. 몇 번 보다 보니까 맨날 그 말이 그 말 같고 재미도 없어졌다.

쓰러질 때까지 굶어도 예뻐지지 않는다는 이상한 이유로 세상을 놓아버리니까 사람이 진짜로 썩기 시작했다. 빛을 못 받아서 얼굴은 창백해졌고 늘 우울하고 힘이 없었다. 단식과 폭식을 반복하며 건강은 엉망이 되고 살이 나쁘게 쪘다. 1년 만에 엄마는 강제로 내 오피스텔 문을 열고 들어왔고, 나는 치우다 지쳐서 대충 묶어놓은 쓰레기봉투들 사이에서 잠을 자고 있었다. 나는 당시의 기억이 별로 없는데 엄마는 그때를 〈혐오스러운 마츠코의 일생〉의 엔딩이나 〈김씨 표류기〉와 비교하곤 한다.

구출당한 이후 한동안 나는 살아 있는 사람처럼 보이는 데 집중했다. 이중 삼중 세안을 하던 나는 그저 하루에 세수 한 번 하는 것을 목표로 삼았고, 열 파마와 드라이로 괴롭힘을 당하던 머리는 산발만 아니면 된다고 생각하며 질끈 묶고 다녔다. 남들의 시선 같은 게 문제가 아니라 내 정상적인 하루를 되찾는 것이 절박했다.

그러나 일상을 되찾고 공부를 하고 사람을 만나기 시작하자 나는 다시 화장품을 사 모으고, 피부과와 헤어숍을 가고, 살이 빠지지 않아 매일 고민했다. 그러다 뷰티 콘텐츠가 장악한 유튜브 시대가 도래했고, 초등학생부터 성인까지 전문가 수준의 뷰티 팁을 공유했다. 그리고 화장품과 패션을 팔아 부자가 된 여자들도 생겨났다. 나는 회사에 취직하기 위해 다시 몸매를 가꾸고, 하얗고 깨끗한 블라우스와 무릎까지 오는 단정한 스커트를 몇 벌 구입했다. 면접에 합격을 하고 직장을 다니며 돈을 벌었다. 꾸몄기 때문에 그만큼 나에게 얼마간 보상이 주어졌다고 생각했다. 그러나 답답했다. 어렵게 방은 벗어났지만, 더 외로운 곳에 갇혀 있는 기분이 들었다.

결혼하지 않는 여자

많은 딸들이 그러하듯이 나 역시 엄마가 결혼한 나이인 스물여섯이 되자 숨이 막혔다. 엄마는 대체 어떻게 이 나이에 결혼을 하고 심지어 나까지 낳은 거지? 그러다 스물일곱 여덟 아홉이 되니까 사촌 동생, 언니, 친구, 동료 대부분이 결혼을 했다. 아니 대체 다들 뭔데? 다 나만 빼고 결혼하기로 약속했나? 결혼을 하는 애들은 왠지 다 어른 같아 보였다. 어깨를 흔들면서 물어보고 싶었다. 다들 왜 그러는 건데? 왜 갑작스럽게 철드는 건데? 이런 어른스러운 태도들… 대체 어디서 이렇게 빨리 배운 거지? 어제까지만 해도 나랑 같이 아무 생각 없었는데. 수년 만에 만난 사촌 동생한테 "나는 아직도 니가 결혼했단 사실이 믿기지 않아!" 하니까 "그냥 한 거지 뭐. 언니가 결혼을 너무 심각하게 생각하는 거 아니야?"라고 했다. 맞는 말이었다.

그러게. 결혼이 뭐 별건가. 나는 〈우리 결혼했어요〉를 보고 자란 사람이라는 것을 기억하자. 세상을 예능으로 바라보면 이해 못 할 것도 없다. 결혼이란 것은 남자가 여자 발을 씻겨주며 발라드를 부르고, 한적한 공원에서 데이트를 하다 별난 이벤트에 감격해 울고, 상대방 부모님과 친구들을 만나 '우리 며느리', '형수님', '제수씨' 소리 들으면 되는 것. 짧으면 한 달, 길면 1년이 채 되지 않는 시간 동안 수많은 사람에 둘러싸여 부자연스러운 데이트와 '밀고 당기기'를 반복하다 때가 되면 아름답게 헤어지면 되는 것. 비록 이 쇼의 부부는 헤어질 때 조정기간을 갖거나 법원에 가지 않고, 가사 분담도, 수입도, 임신도, 출산도, 육아도, 커리어 단절에 대한 부담감도 모두 아기자기한 낭만의 대가처럼 자연스레 소거되어 있지만, 어쨌든 쉽게만 생각하면 쉬워지는 것.

한국 사회의 전반적인 인식이 그렇듯이 한국 예능에서 결혼은 중요한 소재다. 역으로 말하면 결혼을 중요한 사회적 가치처럼 만드는 것도 한국 예능이다. 결혼 예능 프로그램은 〈우.결〉이 충족하지 못한 부분들을 조금씩 메워가는 형식으로 진화했다. 누군가의 삶을 관찰하는 예능이 유행을 넘어 거의 장르의 문법이 되어버리자 방송은 좀 더 사적인 영역을 다루기 시작한 것이다.

〈동상이몽〉과 〈자기야〉는 막 결혼 생활을 시작했거나 함께 살아가고 있는 유명인 부부의 일상을 관찰한다. 가상 결혼이 아니니 좀 더 현실적이다. 살림을 하다 힘이 들고 관계에서 오는 스트레스에 후회도 하고 언성을 높여 다투기도 하지만, 늘 서로 이해하고 양보하며 화합하라는 주례사 같은 결론을 낸다. 육아 분담에 대한 책임은 〈슈퍼맨이 돌아왔다〉나 〈아빠 어디 가〉 같은 엄청난 흥행을 기록한 육아 예능이 해결한다. 아이들은 귀엽고, 아빠는 늘 육아에 서툴고 엉성하다. 그 모습을 관전하는 내레이터와 자막은 시청자의 흐뭇한 반응을 유도라도 하듯이 아이가 귀여워서 미치려 하고 아빠를 놀리는 데 심취해 있다.

　　따지고 보면 나는 결혼 자체를 대단하게 생각한다기보단 삶의 방식을 결정하는 것 자체를 신기하고 심각하게 바라보는 것 같다. 비혼으로 살기 위해서는 결혼보다 더 철저한 계획과 굳은 결심이 필요한 것인데, 나는 그저 결혼이란 제도에 역정을 낼 뿐 딱히 비혼으로 살아갈 의지도 없는 무위의 상태인 거다. 어릴 때 누가 결혼에 대해 물어보면 막연한 먼 미래를 말하듯 이유도 없이 그냥 '난 안 할 거야' 하는 것처럼. 그러나 '비혼은 결심해야 하는 건가? 그냥 안 하면 자동으로 되는 게 비혼 아닌가?' 했던 것은 나의 착각이었다. 예능들만 봐도 알 수 있지 않나. 이곳은 결혼이 삶의 기본 형태인 곳이다.

지금 보고 싶은 결혼 예능을 계속 생각해본다. 아마도 결혼에 대한 비판적 관점을 전제로 한 여성 예능인 것 같다. 제목은 〈결혼 안 하는 여자〉. 저출생과 인구 감소에 대한 우려만 있고 낙태가 불법인 것 말고는 딱히 방도가 없는 사회에서 도저히 만들어질 것 같지 않은 쇼.

결혼과 비혼 모두 개인이 자유롭게 선택할 수 있는 삶의 방식 중 하나지만, 그 결정은 외부 요인의 간섭을 받는다. 이제껏 미디어는 결혼만이 최선이라는 소재에서 크게 벗어나지 못했다. 그리고 그 관점 안에서 여성들은 대개 주체가 아니라 판타지로 신비하게 나타나거나, 억척스럽고 강한 모성 그 자체로 존재한다. 결국 이제껏 만들어진 결혼 예능은 모두 여성이 주인공이 아닌 셈이다.

이혼한 연예인은 방송에 출연하지 못했고 늙어서까지 혼자 사는 비혼 연예인들은 딱한 대상으로 다뤄졌었다. 그런 과거에 비하면 예능 프로그램의 가치관도 많이 변해왔다. 아줌마 토크를 못해 출연할 프로그램이 없었던 비혼 여성 방송인들이 대활약을 펼치고 엄마, 딸, 시어머니, 장모, 며느리 역할만 하던 여성 시청자들 방송에 참여하게 된 것이 큰 역할을 했다.

한국 예능은 결혼을 종용하고 권하기만 하다가 이제는 결혼만이 인생의 선택지가 아니라는 것, 혼자서도 잘 살 수 있다는 것을 말하기 시작했다. 그리고 비혼으로 살기 위한 결심, 그리고 비혼 가구가 겪는 문제점을 다룰 준비를 하고 있다. 나는 결혼 여부 자체가 그리 중요하지 않을 만큼 다양한 삶의 형태를 존중하고, 그것이 다시 사회의 흐름을 바꾸는 시대의 결혼 예능이 궁금하다.

땅 파기

좋아하는 연예인이 정말 많은데 실제로 누가 만나게 해준다고 하면 나는 꼭 코미디언 이승윤을 말할 거다. 나는 정말 지치고 힘들 때 〈나는 자연인이다〉를 보는데, 자연인 출연자들의 기행보단 그들을 바라보는 이승윤의 초월한 표정에서 더 많은 위로를 받기 때문이다. 영지버섯과 각종 약초를 넣은 라면을 먹는 이승윤, 생선 대가리로만 만든 카레를 먹는 이승윤, 개구리나 돌멩이로 끓인 찌개를 먹는 이승윤, 엉망진창 색소폰과 드럼 연주를 듣는 이승윤, 돌아가신 어머니 생각에 관 속에서 잠을 자는 자연인을 보는 이승윤, 그 관 속에 직접 들어가 체험하는 이승윤. 모든 경험의 제목들이 어지간한 유아용 동화책 전집에 맞먹는다. 생김새도 뭔가 포켓몬스터의 고라파덕을 닮은 것 같다. 눈앞에서 벌어지는 이런 말도 안 되는 상황에 도통 무슨 생각을 하고 어디를 보는 건지 알 수 없는 그 눈빛과 얼굴. 아마 이 프로그램을 즐기는 두 가지 방식이 있다면 자연인의 기행에 가까운 라이프스타일 자체를 보는 것과 자연인을 보는 이승윤의 얼굴을 읽어내는 것일 테다.

어떤 방식으로 보느냐에 관계없이 이 프로그램은 절대적으로 재미있다. 개인적인 이유를 좀 꼽아보자면 윤택과 이승윤은 대체 왜 자연인을 만나야 하는가에 대해서 말하지 않는다는 점이 좋다. 이 방송은 항상 산중턱에서 길을 헤매는 두 사람의 뒷모습으로 시작된다. 방영한 지도 6년에, 만난 자연인만 3백여 명이지만 두 사람은 늘 처음인 것처럼 주변을 경계하고 떨떠름한 표정을 짓는다. 그리고 자연인을 만나면 그에 대해서 어떤 코멘트도 하지 않는다. 그저 듣고, 표정으로 반응할 뿐이다. 거기다 짧은 시간에 자연인의 면면을 보여줘야 하다 보니 도무지 이해가 불가능한 각종 기행, 감동적인 인생사 요약이 폭풍 전개되는데 초반엔 '말도 안 돼 왜 저래 저 사람' 하면서 웃다가도 흐름을 따라가다 보면 마지막엔 그의 슬픈 인생을 존중해줘야 된다는 결론까지 나버린다. 그래서 방송이 끝나면 도대체 내가 뭘 본 건지, 지금 저걸 보고 마음에 이렇게 감동만 남아도 되는 건지 고민에 빠진다. 거기까지다. 부차적인 해설이 없다. 다음 주가 되면 또 다른 출연자가 나올 뿐이다.

우연히 아빠랑 〈나는 자연인이다〉를 같이 보게 됐다. 늘 그렇듯 나는 저 인간 왜 저래 하면서 깔깔

댔는데 아빠가 내 웃음에 전혀 공감을 해주지 않았다. 헐 왜 안 웃지? 저게 뭔 짓이냐고. 저건 백 퍼 연출이잖아요! 내 호들갑에도 전혀 동조해주지 않았다. 알고 보니 아빠는 이 프로그램의 애청자였고, 할 수만 있다면 자기도 저렇게 사는 게 꿈이라고 했다. 이거였군. 내 주변에선 그리 인기가 있진 않은 한 종편 방송국의 프로그램이 늘 선호도 조사에서 상위권을 차지하며 6년이나 방영을 지속할 수 있는 비결. 이 방송은 소재가 고갈될 일이 없을 것이다. 방송 시청을 통해 계속 자연인이 늘 테니. 실제로 제작진이 어느 인터뷰에서 이 많은 자연인이 다 어디서 나오느냐는 질문에 아무래도 방송을 보고 자연인이 계속 양산되다 보니 출연진 수급에는 문제가 없다고도 했다. 대체 누가 저런 삶을 동경해서 따라 한단 말인가 싶었는데 바로 내 옆자리에 자연인 워너비가 있었던 것이다. 내가 제일 웃기다고 생각한 코미디쇼가 아빠한테는 교양 방송이었다. 아빠는 이승윤, 윤택의 표정에서 정말 아무것도 캐치하지 못하는 듯했다.

혼자서 진짜 많이 생각해봤다. 나는 이 방송을 늘 골 때린다고 생각했기 때문에 웃을 수 있었다. 대체 왜였지. 아마도 거의 모든 자연인이 대체의학을 신봉하고 있다는 점에서? 예외도 많지만 그들 대부분이 중년 남성이며 자연인이 된 이유가 도피성 은 둔이라는 느낌을 준다는 점에서? 모두 일리가 있지만 결정적인 이유는 내가 아무리 힘들어도 택하지 않을 삶의 방식이기 때문일 거다. 연령이나 세대 문제로 볼 수도 있을 것이다. 뭐가 됐든 그 방송 속 자연인들의 삶은 지금의 나에게 어떤 미래도 제시하지 못한다. 그래서 웃을 수가 있다. 내 주변 또래들한테 이런 얘기를 꺼내보니 "확 머리 밀고 산속으로 들어갈 거야!"라고 외치는 아빠는 생각보다 많은 것 같다. 덧붙여 말하자면 우리 아빠는 저렇게 호언장담을 하는 스타일이 아니라 "너희 자꾸 나를 무시하고 그러면 나 그냥 산속에 들어갈래…" 하고 슬프게 읊조리는 유형이다. 아무튼 아빠들의 선언 대부분이 외침에서 끝난다고 하는데 10년 이상 장수할 것 같은 〈나는 자연인이다〉의 기세를 보면 쉽게 장담할 수 없는 일이다. 미래에 정말 아빠를 만나기 위해 지리산을 등반해야 할지도 모른다.

책임에 대해서 생각하는 것이 자꾸만 버겁다. 10대 때는 무책임한 누군가를 지탄하는 것이 삶의 원동력이었는데, 진짜로 이제는 누굴 욕할 처지가 못 된다는 생각에 밤에 잠도 안 온다. '난 내가 욕하던 어른과 얼마나 다른 방향으로 자랐을까. 누구를

탓하고 욕하는 만큼 나는 내 앞가림을 잘하고 있나. 아니야. 아무리 생각해도 나는 어릴 때부터 문제가 생기면 늘상 도피하기만 한 인간인데 아무리 생각해도 미래엔 자연인이 될 것 같다. 여자 자연인이 있었던가? 있었군. 내가 1호가 아니라는 사실에 감사하자.' 언제나 이 회로로 결말이 난다.

자연인의 개념적 반의어로 무엇이 적절할지 고민해봤다. 문명인? 산속으로 들어간 자연인들이 비문명사회에 사는 것은 아니다. 집 안에 최고급 바디프랜드 안마의자가 있는 사람도 있었다. 그렇다면… 사회인? 이건 직업적인 느낌이 강하다. 좀 더 사회과학적인 의미로 접근하자면 '시민'이 아닐까 했지만 그것도 부적합하다. 산속에 사는 자연인들도 어찌됐든 시민이 지키고 누려야 할 책임과 권리는 있을 테니까. 그러다 결국 생각해낸 것이 '현대인'이다.

학교 다닐 때부터 늘 현대인은 부정적인 종족이었다. 바쁘고, 정이 없고, 치열한 경쟁 사회에서 살아남으려고 자기밖에 모르는 인간. 그렇게 무자비하게 표현해놨지만 저걸 가르치는 선생님도 나도 현대인이었다. "현대인은 나쁜 놈이야. 근데 너는 현대인이지." 약간 이상한 가르침이라고 그때도 생각했었다.

현대인이란 개념은 학교에서 처음으로 배우는 자기혐오였지만, 그걸 제대로 자각시키진 않았다. 나는 좋은 현대인과 나쁜 현대인이 있다는 사실을 몰랐다. 그저 내 안의 현대인과 싸우는 데 온 신경을 집중했다. 한창 바빠야 할 때 전혀 바쁘지 않았고, 인정이 많아 좋아하는 연예인의 집안 사정에까지 관심을 가졌으며, 경쟁 사회에서 낙오하여 많은 사람의 앞길을 터주기까지 했다. 그 결과 나는 지금 자연인을 목전에 두고 있는 것이다.

중학교에 들어가자마자 느꼈다. 학교에서 권하는 가장 이상적인 미래의 가치는 '안정'이었다. 기본적으로 상정된 사회는 한국이었고, 이곳에서 안정을 획득하는 방법은 학업뿐이었다. 그리고 그건 개인의 각성과 노력이 먼저였다. 그것 외에는 없는 것 같았다. 학습에 재능이 있거나 부족한 재능을 뒷받침해줄 환경이 되는 극소수 아이들이 그 가치를 향해 조금씩 성취해가고 있을 때, 학교는 그들을 제외한 나머지 학생들에게 순응이나 포기 외에는 어떤 가치도 가르칠 예정이 없었다. 분명히 나와 내 친구들을 둘러싼 환경이 달라지고 있었다. 벌써부터 누군가는 안정이 보장된 사회에 발을 들이고 있었고, 그걸 모두가 알았다. 뒤늦게 따라가보려는 친구도 드물게 있었지만 나는 그냥 포기를 습득하기 시작했다. 좋은 어른이 되지 못할 거란 불안감은 연애나 종교, 연예인, 인터넷소설 같은 것들이 해소해줬다. 늘 뭔가를 체념하는 게 편했고, 그래서 나 자신을 책임질 수 있는 힘 또한 제대로 기르지 못했다. 내 중년의 모습을 떠올리면 자꾸 비극만 그려진다.

테레비전만 틀면 왜인지 시간대가 맞아서 자주 보게 되는 프로그램이 있다. 〈김영철의 동네 한 바퀴〉가 그렇다. 나는 의식적으로 스마트폰이나 유튜브보다 테레비전을 많이 시청하려고 하는데, 요즘 유행하는 〈나 혼자 산다〉 같은 걸 보면서 넋 없이 웃어보자는 각오가 무색할 만큼 전원을 켜기만 하면 궁예가 '허허허' 하며 걷는 방송이 나와 당황한다. 심지어 굉장한 시선 캐치 능력까지 있어서 잠깐 보다 보면 채널을 쉽게 돌릴 수가 없다.

한 동네를 정해놓고 김영철이 계속 걷다가 지나가는 시민을 인터뷰하는데 이경규의 〈한 끼 줍쇼〉와 다른 점은 밥을 구걸하지 않는다는 점이고 최불암의 〈한국인의 밥상〉과 다른 점 역시 밥을 얻어먹지 않는다는 점인데, 아무래도 이 부분이 나한테는 좀 산뜻하게 다가온 것 같다. 굳이 밥을 달라고 하지 않는 노년의 한국 남자. 그것만으로… 아니 아니, 그뿐 아니라 동네를 바라보는 시선이나 시민을 대하는 태도 역시 (어떻게 보면 좀 가식적인 느낌도 들지만) 꽤 신사적인 편이라 그것도 마음에 든다. 초등학생부터 노인까지 다양한 사람들을 만나고, 그 만남을 해설하는 것 또한 김영철이라 산만하지 않아서 편안하게 시청이 가능하다.

〈동네 한 바퀴〉가 무엇보다 좋은 점은 진행자는 남자지만 주로 중년, 노년 여성들이 방송 분량의 대부분을 차지한다는 점이다. 같은 중년을 대상으로 하는 방송이라도 〈나는 자연인이다〉와 다른 점이 바로 이 부분이다. 여자들은 산속에서 살아가는 방식을 쉽게 택하지 않고 또 못하니까 대부분 동네에 그냥 머무는 걸까? 김영철이 말 그대로 동네 한 바퀴를 돌면 소일거리를 하고 있는 늙은 여자들을 많이 만난다.

내가 재미있게 본 에피소드는 대구 교동의 적산가옥에 살고 있는 할머니 이야기였다. 7남매를 모두 길러 출가시키고 남편도 떠나보낸 뒤 홀로 그곳에 남은 할머니는 빨간 티셔츠를 입고 동네를 걷고 있었다. 할머니는 정원에서 꽃과 풀을 관리하다가 갑자기 공장 사이즈의 작업대에 엄청나게 큰 종이와 붓, 먹, 벼루를 꺼내더니 웅장한 서예를 시작했다. 문외한인 내가 봐도 틀림없이 근사한 실력이었다. 할머니는 혼자 집에 남겨진 뒤 취미로 서예를 시작했고, 서예는 할머니가 남은 생에 진지하게 임하고 있는 일거리 중 하나였다. 멋졌다. 나도 당장 퇴사를 하고 집에 틀어박혀 서예에 몰두해볼 수 있을까. 그치만 저런 간지는 나지 않겠지. 그냥 백수 되더니 갑자기 붓 들고 다니는 엄마의 걱정거리가 되겠지.

멋있는 할머니. 내가 수없이 번민이 빠지는 것도 결국 이게 되고 싶어서다. 모든 것에 초연해지는 때에 진짜 멋을 부릴 수 있다는 것은 인간의 궁극적 목표인 것 같기도 하기 때문에. 그것을 이루려면 무엇이 필요할까. 여자는 늙을수록 친구와 돈이 필요하다는 얘기를 자주 들었는데 정말 그럴까. 나는 돈이 없고 친구들이랑도 전부 싸웠는데, 어디서 뭐부터 포기해야 하는 거지. 불안보다는 이미 글렀다는 생각을 떨칠 수가 없다.

그러다 그냥 내가 지금 해서 좋은 걸 늙어서까지 할 수 있다면 좋겠다 정도를 생각하게 된다. 가끔 근사한 레스토랑에서 외식을 하거나, 차 안에서 스피커를 크게 켜놓고 내가 좋아하는 노래를 실컷 듣거나, 한 달에 한 번 정도는 어디든 2박 3일로 여행

가는 것. 근데 그러려면 그때에도 지금처럼 계속 일을 해야 하는데, 늙으면 못하는데. 그래. 사람들이 노후를 대비하는 당연한 이유를 나는 이제야 깨달은 것이다. 돈을 벌지 않고도 지금의 생활을 유지할 수 있는 동력이 필요한 거구나. 그래서 다들 지금 쌍욕을 참아가며 일을 하고 적금을 들고 투자를 하고 결혼을 택하고 자식을 낳고 그런 짓을 하는 거군. 노후에는 달나라 여행을 가자고, 막연하고 바보 같은 그런 망상에나 빠져 살았으니 이런 이치도 몰랐던 것이다.

이상한 할머니

앞에서 말한 것처럼 나의 중년의 길잡이가 되어줄 방송은 〈나는 자연인이다〉가 아니다. 그건 엄연히 내가 살 수 없는 방식의 삶이고 이제 더 이상 새로운 대안이 아닌 것 같기도 하다. 한국인이 가장 사랑하는 프로그램 1위가 된 이상 자연인 천만 명 시대도 머지않은 것이다. 무슨 말만 하면 토라져서 '산에 갈게…' 하는 우리 아빠가 제일 두렵다. 산속에서도 철저하게 자기 생활을 지키기 위해 이중으로 힘을 쓰고 있는 여자 자연인 편을 본 뒤로 자연인처럼 살수 없다는 생각은 더 강해졌다.

그래서 나의 삶의 청사진을 그리기 위해 〈서민 갑부〉를 봤다. 왜냐, 나는 갑부가 꿈이니까. 아니 그건 꿈이라기보단 내가 모르는 미래의 내가 무조건 이뤄놓아야 할 절대명령 같은 것이다. 그러나 내 동료 갑부들의 삶을 살펴보는 것은 정말 눈물 나는 일이었다. 갑부면 갑부지 '서민' 갑부라고 하는 데는 다 이유가 있었다. 저마다 정말 어려움을 너무 많이 겪어서 듣고 있으면 제발 다 지어낸 거였으면 좋겠다 싶을 정도로 안타까운 사연이 많았고, 그 시련을 이겨내려 잠을 아끼고 돈을 아끼고 몸을 다쳐가며 갑부가 된 사람들이었다. 〈성공시대〉가 '너도 할 수 있다'는 메시지를 주며 영광만을 기록했다면, 이쪽은 거저 얻는 대가는 없다는 것을 각인시키며 '너는 못한다 꿈 깨라'를 강조하는 것이었다.

내가 여자다 보니 또 여자 갑부에게 좀 더 관심이 많이 생겼는데 그중에서 무쇠 가마솥 주물을 하는 연매출 25억의 갑부님에게 꽂혀버렸다. 1200도의 용광로 앞에서 굽고, 갈고, 용접을 했다. 중년에도 직업과 기술이 있어야 하는군. 그래서 또 걸린다. 나는 기술이 없다. 그냥 때 되면 퇴사해서 퇴사 이후의 삶을 다시 기획해야 하는 처지인데.

　　EBS 〈한국기행〉 '그 여자의 숲'을 봤다. 일찌감치 숲으로 이주해 그곳에서 비혼으로 살아가는 중년 여성이 주인공이다. 귀농에 큰 매력을 못 느끼는 편이었는데 그 방송을 보고 처음으로 한국 오지 생활에 흥미가 생겼다. 전기도 희미하게 들어오는 깊은 산속에서 그는 매일 나물을 캐고, 강아지를 돌보고, 멀리 사는 이웃을 초대해 쑥떡을 해 먹고, 기타를 치며 하루를 마무리했다. 그에게 자연은 최후의 도피처가 아니라 선택할 수 있는 삶의 공간이었다. 하지만 나는 저렇게 부지런하지 못한데. 나물 캐본 적 없잖아. 쑥떡 해본 적 없잖아.

　　박원숙의 〈같이 삽시다〉를 처음 봤을 때도 그냥 심드렁했다. 〈불타는 청춘〉을 보면서 내가 얻을 수 있는 건 아무것도 없다는 것을 직관적으로 알 수 있듯이. 중년 여성의 삶이라고 하기엔 박원숙은 원로 배우니까 나오는 삶의 단위 자체가 다르지 않을까 싶었다. 처음 본 편은 박원숙, 박준금, 김영란, 김혜정이 다 같이 남해 클리프하우스에 놀러 가는 에피소드였다. 가족이 없는 네 사람이 영국과 일본의 공동주택에 대한 이야기를 듣고 '해바라기 맨션'에서 같이 사는 계획을 세우기 시작하자 사우나에 앉아

수건으로 입을 막고 아줌마들 이야기를 엿듣듯이 흥
미진진해졌다. 뜬구름 잡는 것이 아니라 정확한 인
원수, 노년까지 케어할 수 있는 자금, 기간까지 구체
적으로 계획을 세웠다. 60대 여자 넷이 모였는데 아
직도 노년에 대한 계획을 세운다는 데서 뭔가를 얻
었다. 생각해보면 나의 노후는 몇 살부터인지도 기
준이 없었다.

올해 초에 건강검진을 했고 신장이 별로 좋지
않다는 결과가 나왔다. 추가 검진을 예약하기 전에
엄마에게 이 사실을 알려 동정을 받으려 했는데 엄
마가 신장을 심장으로 듣고 크게 걱정했다. 아니 심
장 아니고 신장. 심장은 괜찮대. 이렇게 고쳐 말하는
중에 갑자기 너무 웃겼다. 내 심장은 왜 멀쩡한 것인
가. '금사빠'로 태어나 살면서 '심쿵'이란 말만 수천
수만 번 해왔는데. 아무튼 검사를 하고 난 뒤에 '늙
어서는 내가 아픈 걸 누구한테 말하지. 엄마도 없고
동생도 없다면. 그리고 잘못되면 나는 누구에게 의
지하지. 결혼을 해야 하나. 아니 간병인 구하자고 결
혼하는 게 말이 되나. 에이 그냥 죽게 해달라는 서약
서 같은 걸 써야 할까. 안 아플 순 없나', 또 이런 생
각에 빠져서 잠을 설쳤다. 다음 날 나는 추가 검진을
받고 고민 같은 것은 애당초 하지도 않았던 것처럼

쌀국수와 분짜를 시켜 허겁지겁 먹었다.

　　불안은 자꾸만 여러 선택들을 빨리 결정하도록
보챈다. 그때마다 나는 템포를 늦춰볼 생각이다. 어
떤 지혜나 현명함을 요구하는 분위기에서 벗어나 나
에게 닿아 있는 문제들을 해결하고 계획을 세워보자
고. 결심과 선택이 필요한 순간에 용감해지고, 나만
의 원칙을 만들어 지키자고. 그리고 사람들을 대하
는 태도를 키울 것. 결국 나를 만들어가는 것이 중요
한 것 같다. 노후라는 건 전전긍긍하며 대비하는 것
이 아니고 만들어가는 것이란 걸 많은 여자들의 삶
을 통해서 배운다.

고백

나는 가끔 내 성격이 지겹다. 주로 무언가에 실패해 나에 대한 확신이 약해질 때 나타나는 증상이다. 그중에서 제일 싫은 것은 멋진 것을 보고도 멋지다고 시원하게 말하지 못한다는 점이다. 저걸 해내는 순간 내 번민은 대부분 해결될 것 같은데 정말 어렵다. 그래서 누군가를 좋아하는 걸 꼭 비장하고, 징그럽고, 낭만적으로 고백하듯이 하게 된다.

한 장의 사진이 정말 좋았다. 예민하고 강인한 얼굴에 하얀 셔츠와 청바지가 너무 잘 어울리는 키가 큰 여자. 위안부 피해자 할머니들 사이에 앉아 무표정한 얼굴로 카메라를 들여다보는 젊은 여자. 꼭 만화에 나오는 '무조건 동경하게 되는 선배' 같은 모습이었다. 〈의지의 승리〉를 막 접하고 망상에 빠져 영화 꿈나무가 된 나에게 그 모습은 충격이었다. 한참 미쳐 있었던 〈비트〉의 정우성 같은 건 댈 게 아니었다. 저 사람은 그런 후까시 잡는 공상 드라마에 기대지 않아도 멋있게 실존하니까.

그 화보는 영화 잡지의 표지였는데 나는 내용에 관계없이 무작정 저 사람이 되어야겠다 생각했다. 그 표지가 담은 특집 기사의 주제가 과정은 투쟁이었으며 기록의 결과는 또 하나의 역사가 된 〈낮은 목소리〉였다는 건 그 후에나 알았다. 대상이 무엇이든 쉽게 사랑에 빠지고, 허황된 꿈만 꿀 줄 알았지 목표 설정에는 재능도 없고 게을렀던 그때의 나는 어떻게든 변영주가 되고 싶었다. 꽤 긴 시간의 강을 건너 결과적으로 '변영주처럼 되기'엔 실패했지만 그래도 그가 어린 시절 롤 모델이었다는 건 작은 행운이었다.

〈방구석 1열〉은 변영주의 프로그램이었다. 그래서 처음엔 보기 싫었다. 나만 알고 싶은 변영주가 모두의 멘토 역할을 하다니! 뭔가 벅차오르면서도 왠지 보고 싶지 않은 지저분한 감정이 생긴 것이다. 그런 와중에 프로그램을 진행하는 두 메인 MC의 진행 스타일이 별로라는 건 얼마나 좋은 핑곗거리였는지 모른다. 주로 '직접 어렵게 찾고 발굴해야만 하는' 문화에 익숙해져 있고 징그럽게도 거기서 약간의 자부심도 느끼다 보니, 뜻밖의 채널에서 그 소재들을 접하는 건 나만의 마이너리티를 공격당한 것과 같았다. 그래서 한동안 누워서 우는 기간이 필요했다. 그런 부질없는 애도의 기간을 지나 〈방구석 1열〉을 처음 봤을 땐 이미 많은 호평을 받은 뒤였다.

아주 가끔 나에게도 사람들 앞에서 말을 할 기회가 있었다. 대부분 여성주의 관점에서 어떤 담론을 자유롭게 얘기하는 방식이었다. 그리고 정말이지 경험도 논리도 화법도 부족한 나에겐 밑천을 드러내는 부끄러운 일이었다. 그래도 현장에 와준 관객들의 반응은 항상 좋았다. 아마도 단단한 합의가 있었기 때문일 것이다. 훌륭한 강연가가 넘쳐나는 시대에 인터넷상에서의 아주 작은 인지도를 이용해 페미니즘 서브컬처를 말하는 행사에 온다는 건, 일단 관점이 같지 않으면 절대 불가능한 일이다. 그 덕에 나는 항상 편안하고 화기애애한 분위기에서 헛소리를 하는 것이 가능했다.

이미 길고 긴 사전 논의를 통해 관점을 일치시킨 사람들 사이에서 이야기하는 것은 안전하지만 굉장히 불안한 일이기도 하다. 내가 만든 합의 바깥의 사람은 절대 설득할 수 없을 거라는 불안. 나는 처음엔 그 바깥의 사람들을 이해해보려 노력하다가, 혼자 방황하고 결국 다시 설득하다가, 점점 지쳐서 겁을 주다가, 무시하다가, 놀린다. 그리고 그 과정의 마지막은 언제나 자괴감이다. 결국 제대로 된 말을 할 수 없게 됐다는 걸 알고는 굉장히 큰 무력감에 빠진다. '맥락을 읽어라', '전제를 파악해라' 같은 말

을 하면서 상대가 나의 빈정거리는 제스처를 알아주
길 바라지만, 번번이 싸울 힘이 없어 꼬리를 내린 사
람으로 오인당한다.

〈방구석 1열〉에서 변영주는 많은 패널 중에서
혼자 여자인 경우가 많았다(나에게 변영주는 성별을
초월한 존재지만 어쨌든 그림이 그렇다.) 영화 〈런던
프라이드〉를 다룬 에피소드에서 변영주는 20대 남
성들이 페미니즘에 대해 갖는 반감을 사회 구조의
문제라 지적한다. '애국심으로 모든 걸 해결하려 하
는 구시대적 국방 의무'를 예로 들며 시대가 변하고
있지만 국가가 젊은 남성들에게 제대로 보상을 해주
지 않았다고 해석한다. 그리고 그 분노의 방향이 페
미니즘에 대한 공격으로 이어지는 것은 부당하며 서
로가 가진 불행에 연대하자는 메시지로 결론을 내린
다. 이 발언 자체를 어떻게 보느냐는 사람마다 다르
겠지만 나는 메시지 너머의 것에 많은 동의를 했다.

나는 젊은 세대의 페미니즘 열기가 남성 중심
시사 예능의 종말을 불러올 줄 알았다. 순진한 생각
이었다. 악재를 기회로 만드는 것이 직업인 사람들
답게 이 상황을 '핍박받는 아저씨(꼰대)를 선해하는'
흐름으로 자연스럽게 전환해버렸다(〈꼰대 더 라이
브〉, tvN.)

〈썰전〉, 〈외부자들〉, 〈상암 타임즈〉, 〈6자회담〉 같은 예능 속 남성 출연자들을 보면서 너무 한쪽으로 치우치거나 감정적인 이야기라 할지라도 그것을 내뱉는 데 확신이 있는 모습이 부러웠다. 나에게는 작은 공간 속 관객들만이 열심히 호응해주는데 그런 호응을 절대 다수에게 받는다는 건 어떤 기분일까? 내 위치에서 그런 힘을 기르려면 어떻게 해야 하는 걸까?

〈방구석 1열〉 속 변영주의 모습을 보면서 말을 하는 것에 드는 힘의 차이를 생각했다. 〈낮은 목소리〉 제작 과정에 대해 가장 널리 알려진 일화 중 하나는 영화를 준비할 때 주변 남성들이 변영주 감독에게 '룸살롱 가서 제작비 벌어다 써라'라고 했다는 이야기다. 넘겨짚는 것이지만 그런 업계에서 긴 시간 버텨오면서 여전히 '여성'인 자신을 내세워 이야기할 때 누군가를 설득할 힘이 남아 있다는 것은 씁쓸하지만 대단한 일이다. 끝없이 생각과 말을 단련한 결과처럼 보였다. 배우고 싶었다.

나는 미디어 속 여성 화자들이 너무 부드럽고, 너무 설득적이고, 너무 방어적이라는 의견에 동의한다. 그래서 볼륨이 크고 화법이 거친 여성들이 좋았다. 하지만 요즘엔 말의 세기 못지않게 조금 덜 거칠

어도 방향을 잃지 않고 끝까지 밀어붙이는 지구력도 중요한 것 같다. 〈방구석 1열〉의 변영주, 〈대화의 희열〉게스트였던 이수정 교수, 〈거리의 만찬〉의 박미선, 〈알쓸신잡〉의 김진애 박사처럼 기존 판에서 오랜 시간 자기만의 조용한 투쟁으로 커리어를 일군 여성 멘토들의 말에 마음이 움직이는 이유다.

〈차이나는 클라스－질문 있습니다〉는 매주 강연자가 바뀐다. 내가 몰랐던 분야, 관심을 가지지 않는다면 영원히 알 수 없을 주제의 이야기가 흥미롭게 전개된다. 임상심리학, 사회학, 범죄심리학 등 다양한 분야의 전문가들이 시청자들이 받아들이기 쉬운 형태로 꼼꼼하게 준비한 강연을 거저 받아먹는 것이 즐겁다. 매주 챙겨 보진 않지만 여성 강연자가 나오는 회차는 꼬박꼬박 본다.

이 방송의 좋은 점은 그들의 관점에서 주체인 여성을 지우지 않으면서 패널인 홍진경, 지숙, 최서윤 편집장, 강지영 아나운서의 반응과 대답, 질문을 적극적으로 캐치하고 보여주는 것이다. 매일 자신을 어떻게 가꾸는지가 주요 쟁점이었던 미디어 속 여성 멘토-멘티 관계에서 벗어나 오랜 시간 자신의 언어를 훈련해온 멋진 멘토와 함께 공적 자리에서 자신의 자아를 키우는 방법을 질문하고 답변하는 걸 보는 것은 나에게는 또 다른 활력과 자극이 된다. 그리고 그런 말의 모습들을 흩어지지 않게 주워 담아서, 나도 단단한 말을 할 수 있는 사람이 된다면 좋겠다. 그래서 요즘은 자꾸만 말을 하는 것에 대해서 생각하게 된다.

연극이 끝나고

최후의 블랙코미디

나는 정말 운이 좋게도 내 개인 SNS에서 필명을 얻게 되었는데, 그 계기는 대종상 시상식이었다 (아주 조금은 부끄러운 일이라고 생각한다.) 아주 어릴 때부터 늘 몇 명 없는 사람들이 모인 곳에서 시상식을 재해설하고 있었는데, 그 일을 트위터로 옮겼더니 내 생각보다 훨씬 많은 사람이 웃기다고 해줘서 그게 도리어 웃겼다. 연예인에 미쳐 있으면 시상식은 인생 최고의 예능일 수밖에 없다. 나 같은 사람들은 알 거다. 한 해의 마지막을 모든 방송사가 시상식으로 때우고 마는 것도 그만큼 한국이 연예인에 미친 나라라는 방증이다. 그러나 연예인에 관심이 없는 사람이라면 퍼포먼스 면에서 구성이 미흡한 한국 시상식을 재미없어할 수밖에 없다. 얄팍한 통찰을 발휘해보자면, 내 중계가 웃기다고 해준 사람 대다수는 연예인에 관심 없는, 한국엔 몇 없는 사람이거나 차마 티 내지 못하고 속으로만 연예인에 미쳐 있는 사람일 거다. 나한테 시상식은 재미없을 수가 없는 연례 행사였기에 대종상을 내 SNS를 통해서 처음 봤다고 말하는 사람들이 나는 신기했던 것이다.

영화제와 방송사 시상식처럼 중계 목적으로 열리는 시상식들은 축제를 표방하지만 막상 들여다보면 거의 추도식이나 회사 송년회와 더 가까운 진행을 한다. 대종상은 50년 넘는 전통을 가진 국내 최장수 시상식이다. 정말이지 반세기 만에 강산이 열댓 번은 변한 한국에서 명맥을 근근이 잇는 것만으로도 대단한 일이 아닐 수 없다. 그래서인지 시상식 자체가 아무 내용이 없다. 그냥 아무 업적 없이 오래 살고 있는 동네 은행나무 같은 것이다.

그러나 왜인지, 그 은행나무가 뭔가를 하려고 움직이기 시작했다. 바로 대종상의 파행이 시작된 2010년 무렵이다. 대종상은 어떤 기업에서 주최하는 것이 아니라 독자적인 '위원회'를 갖고 있기 때문에 위원회 실세가 누구냐에 따라 성격이 변할 가능성이 가장 큰 시상식이다. 하지만 시상식이 중계된다는 건 이런 내부 사정을 헤아려주지 않는 시청자가 있다는 것이고, 그런 의미에서 대종상 시상식의 기획은 보는 사람들에게 한 톨의 신뢰도 주지 못한다.

청룡영화상, 대한민국 영화대상, 백상예술대상 등 거의 모든 시상식을 집요하게 봤지만 2010년 대종상은 정말 사랑이 많은 영화제였다. 아무리 한 해에 좋은 영화가 많았다지만 정말 누구에게도 소외감을 주고 싶지 않아서 열 개의 작품을 최우수작품상 후보로 선정해버린 영화제! 그러면 열 개에도 들지 못한 작품들의 슬픔은 누가 책임지지 싶지만 그거는 내 알 바 아닌! 그런 막무가내 선택적 박애정신! 그러나 작품 선정에 어떤 기준점도 보이지 않는! 대부분 흥행작 위주로 선정되었고 그럴 거면 박스오피스 기록 시상식을 하면 될 일 아닌가 싶지만 어쨌든 사랑으로 가득했던 바로 그 회차의 대종상! 원로 영화인들의 참여율이 상당히 높은 특성상 이해의 남우조연상은 〈시〉의 김희라, 여우조연상은 〈하녀〉의 윤여정이 수상해서 또 한 번 연장자 우선 수상 시상식이라는 의심을 당하며 시작해야 했다.

대종상의 특징이라면 늘 죽은 사람 혹은 죽기 일보 직전일 만큼 나이가 많거나 지병이 있는 사람들을 어떤 이유를 만들어서라도 공로상 수상자로 선정한다는 점이다. 이 시상식 중계를 십여 년 봤는데 공로상만 세 번 정도 받은 사람도 있다. 어떤 권위보다 계모임의 곗돈처럼 올해는 내가 받고 내년엔 네가 받는 그런 개념인 거다. 그러니까 약간 전통적인 경조사가 혼합된 행사다. 웃어른에 예를 갖춰 공경하다가도 가장 인기 있다는 케이팝 그룹을 불러와서는 지옥 같은 침묵을 조성한 뒤에 공연하게 만든다.

이해에는 소녀시대와 2PM이 당했다.

시끄러운 케이팝 공연 따위에 반응하지 않겠다는 보수적인 분위기의 시상식이지만 정작 민망한 짓은 본인들이 다 했다. '인기상'이라는 한국 시상식 특유의 알 수 없는 부문이 두 개나 존재했으며, 이미 한 차례 공로상 타임을 길게 가졌는데 갑자기 공로상2, 공로상3이 수여되었다. 심지어 공로상2는 집행위원장 본인이 수상해버렸고, 그리하여 이후 모든 영화제가 그렇듯 각종 중요하지 않은 기술상들은 수상 소감을 스피드게임처럼 진행하는 등 온갖 악행을 저지르면서 끝이 났다. 이때 대종상을 보며 노인회관 빌려서 너희끼리 잔치하란 저주를 했었는데 그런 나의 어두운 마음이 전해졌는지 대종상은 넘쳤던 사랑을 다시 주워 담아 그다음 해부터 다시 다섯 작품만을 작품상 후보로 선정했다.

정점은 2012년이었다. 오프닝 무대부터 아주 인상적인 특별 퍼포먼스였다. 박진영은 혼자서 영화의 다양한 장르를 표현했다. 허공에 발차기(액션), 상자에 갇힌 마이크 구하기(첩보)를 하고는 결국 객석에 내려가 여배우들을 향해 세레나데(멜로)를 부르는 구성이었는데 무술에서 너무 힘을 뺀 나머지 정작 노래보다 숨소리가 더 큰, 공기 100, 소리 0 상태였다. 나는 그래도 이날 시상식을 통틀어 박진영의 오프닝 무대가 가장 성의 있고 훌륭한 부분이었다고 생각한다. 부족할지언정 최소한의 노력을 보였기에. 비록 그것이 큰 웃음을 샀을지라도.

2012년의 대종상은 아주 야심이 컸다. 빼앗긴 권위를 되찾고자 진짜 영화제 포맷으로 상영관을 열어 일반인들에게 심사를 위탁한 것이다. 이것이 비극이 서막이 될 줄은 몰랐겠지만. 일반인들이 심사하는 모습, 대여금고에 그 결과를 넣는 모습, 대종상은 이 모든 것을 〈007〉 음악에 맞춰 중계했다. 누구도 이 철통 보안을 뚫고 수상의 결과를 알 수 없다며 공정성을 강조했다. 그런데 대체 누가 영화제의 결과를 그렇게까지 알고 싶어 한단 말인가? 공정성이라면 비평가로 이루어진 심사위원들의 끝장토론이 중요한 것 아닌가? 투표의 투명성 자체에 그리 큰 의심이 없는 시대에 사는 사람으로서 그렇게 공정성을 강조하는 것이 도리어 이상했다.

그리하여 누구도 알 수 없는 시상식의 결과가 차례차례 공개됐다. 음악상, 의상상, 음향기술상, 미술상, 남우조연상, 인기상, 조명상, 편집상, 기획상, 시나리오상, 촬영상, 영상기술상, 이 모든 부문에서 차례대로 〈광해〉가 수상해버렸고, 초대가수 씨스타는 눈치 없이 '나 혼자'를 불러야 했다.

결국 사태가 심각해진 걸 느낀 조직위원장이 올라와 '금고에… 공정하게…' 따위의 말을 조용하게 얼버무리다가 아무리 생각해도 당일날 급하게 만들어진 게 분명한 '심사위원 특별상'을 〈피에타〉에 주었다. 이 시트콤 같은 일은 김기덕 대신 올라온 제작자가 "김기덕 감독님이… 집에 가셨습니다"라고 말함으로써 완벽에 가까워졌다. 연이은 〈광해〉의 수상에 정말 화가 났는지 집에 가버린 김기덕 감독. 그 대단한 인품이 준 웃음에 감사하며. 엉망진창이 돼버린 시상식을 신현준은 열심히 수습했지만 이후에도 감독상, 남우주연상, 작품상을 모두 〈광해〉가 가져가며 우주 대기록으로 15관왕을 달성했다.

그리고 예상대로 대종상은 그 후부터 밑도 끝도 없는 추락을 하기 시작했는데, 대충 몇 가지 얘기하자면 불참자에겐 시상을 하지 않겠다는 원칙을 세우는 바람에 유아인에게 SNS로 욕을 먹었다거나, 배우 백 명을 초청했는데 두 명 정도가 참석했다거나, 중계할 방송사를 찾지 못해 인터넷 방송으로 중계를 했다거나 하는 부분이며, 가장 가슴 아픈 것은 공로상의 붙박이 시상자 안성기가 그 후로 대종상엔 더 이상 오지 않았다는 점일 것이다.

권력

〈패밀리가 떴다〉를 생각하면 떠오르는 두 장면이 있다. 유재석이 진행의 만능 치트키였던 '댄스 신고식'을 열었을 때다. 싹싹하고 활동적인 유이를 칭찬하며 상대적으로 숫기 없고 조용한 산다라박을 자꾸 타박하는 상황극으로 가고 있던 때라, 흐름상 산다라박이 반전을 선사하는 의외의 댄스 실력을 뽐내야 할 타이밍이었다. 산다라박이 누구인가. 나도 잘 모른다. 그러나 왠지 고리타분한 한국 방송 문법에 자신을 가두지는 않을 것 같단 생각이 드는 사람이다(우리 주변에 4차원이란 단어로 분류되는 사람들이 있다. 그게 무엇인지는 설명하기 어렵지만 우리는 모두 그게 어떤 사람들을 가리키는지 알고 있다.)

산다라박은 어디서 구했는지 자기 덩치보다 세 배는 큰 주황색 핫도그 의상을 입고 나와서는 갑자기 굿에 가까운 춤을 추기 시작했다. 그 모습은 마치 태어나서 처음 음악을 들어본 핫도그 같았다(왜냐면 정말 그냥 핫도그였기 때문이다. 핫도그 의상이 너무 거대해서 그 안에서 어떤 비유가 가능한 춤을 췄는지 알 수가 없다.) 상황을 파악하느라 공포스럽게 일그러진 이효리의 얼굴과 춤이라기보단 근본 없는 뜀뛰기에 가까운 몸짓을 할 때마다 민망한 위치에서 아래위로 흔들리던 산다라박의 핫도그 막대기는 한국 사회에서 장기자랑과 신고식이라는 문화를 없애야 할 때 증거로 채택될 만한 소중한 사료다.

　두 번째는 좀 더 많은 사람이 기억할 에피소드다. 김종국이 아침 밥상을 차리려고 바다에 나가 참돔을 잡아 왔다. 나는 벌레 하나도 방생해야 한다는 불심 깊은 가정에서 자랐고, 주변에 낚시하는 어른이 없기 때문에 참돔이 누구나 별 무리 없이 낚을 수 있는 흔한 물고기인 줄 알았는데, 방송이 나가고 난 다음 날 그게 아니란 걸 깨달았다. "아무리 김종국이 근육몬이라도 사람 손에 방금 낚인 거대 참돔이 저렇게 죽은 듯 얌전할 순 없습니다!" 수백만 낚시인이 피를 토했다. 그러자 모든 시청자가 일제히 낚시인들의 피눈물에 이입하며 낚시인들을 기만한 더러운 조작 방송이라고 욕했고, 제작진은 조작이란 절대 있을 수 없는 일이라며 (왜인지) 강경하게 대응했다. 논란이 있고 몇 개월 뒤, (꼭 모든 것이 이 사건의 영향이라고 할 순 없겠으나) 공교롭게도 당시 SBS의 최고 인기 프로그램이었던 〈패밀리가 떴다〉는 종영했다.

늘 제일 웃긴 것은 웃길 의도가 없었던 것에서 비롯된다. 특히 비평이 방송이 소비되는 과정의 일부가 된 시대의 한국 예능은 더욱 그렇다. 나는 지금도 저 과정이 믿기지 않고 참돔이란 글자만 봐도 웃기다. 확인된 바 없으나 '조작 방송'이라는 단어 자체가 사람을 약간 미치게 만드는 것 같다. '리얼'을 표방해놓고 의도된 연출 상황을 들켰으니 잘못은 맞겠지만 '치밀하지 못했다'든가 '요령 없고 게으르다' 정도의 지적이 가능하지, 시청자를 기만하고 우롱한 비겁한 방송이라고 전 국민적 폭격을 맞을 필요까지 있었나. 참돔을 들고 환하게 웃고 있는 '김돔국'의 모습을 떠올리면 바닥을 구른다. 뭘 그렇게 잘못했길래 이름까지 저렇게 바꾸는 거지! 방송은 대충 다 조작된 상황이란 걸 잘 알잖아요! 자세한 내막은 모르겠으나 〈패밀리가 떴다〉는 지나치게 활력 없는 참돔으로 인해 시청자와 제작진이 이상한 신경전을 벌이다 민심을 잃고 급하게 끝난 모양새가 되었고, 그건 산다라박의 핫도그 의상만큼이나 그 쇼가 의도하지 않았던 가장 웃기고 슬픈 순간이었다.

그리고 내가 '시청 권력'이라는 것을 처음 느낀 순간이기도 했다. 필사의 기세로 무언가의 방영을 지탄하는 종교단체의 존재도 알고 있었고, 세상 가장 애매한 시간대에 편성된 각 방송사 옴부즈맨 프로그램에 참여하는 사람들이 있단 것도 알고 있었다. 그런데 불특정 다수의 시청자들이 인터넷 공론장에서 방송의 내용이 아닌 연출 자체에 이의를 제기하고 제작 윤리를 두고 과격하게 논의하는 광경을 본 건 그때가 처음이었다. 당시 비평가들은 '리얼리티 포맷'의 예고된 부작용이라고 말했다. 그 말도 일리가 있다. 그러나 사전 제작이라는 개념이 없는 한국의 방송 환경과 실시간 의견 교환이 가능한 인터넷 시대의 시청 패턴이 맞물려 충돌한 것이라고 보는 편이 더 적합할 것 같다.

사람들은 리얼함을 추구하지 않았다는 그 과열된 지적과 비평을 거리로 삼아 다시 조롱을 주고받았다. 인터넷 커뮤니티마다 그런 유희로 성황이었다. 특히 많은 익명 접속자가 동시에 대화하듯 갱신되는 디씨인사이드 갤러리는 방송에서 파생된 재미를 증폭하는 최적의 공간이었다. 리얼리티가 문법이 된 예능이 사람들이 가장 치열하게 주목하는 방송 장르가 된 순간이었다.

그때는 나도 재미있다고 생각했고 눈팅도 많이 했다. 그런데 마냥 좋다고 말할 수만은 없었다. 이유들이 있었다.

연극이 끝나고

살면서 남한테 들은 것 중에 제일 어이없는 말은 '너는 인간이 덜 됐다'였다. 그보다 더한 쌍욕도 많이 들었지만 유독 어이가 없었던 건 저 말을 들은 장소가 노래방이었기 때문이다. 인간이 덜 됐다는 말을 듣기 전에 내가 한 일은 1)연속으로 여러 곡을 예약, 2)다른 사람이 부르는 노래가 마침 나도 좋아하는 노래라 조심스레 화음 허밍, 3)가창이 아니라 절규에 가까웠던 다른 사람의 노래 도중 탬버린을 팽개치고 야유, 총 세 가지로 요약할 수 있다. 이 정도 일을 저질렀다고 이렇게 인격을 의심당해도 되나 헛웃음이 났다. 그러나 나를 청문하는 분위기는 심각했다. 나는 코너에 몰려 조용히 모든 지탄을 받아들이고 반성해야 했다. 한국 사회에서 흥이란 오륜보다도 위에 있는 덕목이고 노래방이란 그 흥을 위한 예와 법이 가장 강력하게 존재하는 공간임을 간과한 죄로.

노래방의 질서와 문화는 한국 텔레비전 쇼에 그대로 적용된다. 일탈이 합의된 가상의 시공에서는 다양한 감정을 어떻게 뽑아내든 흥이라는 최종 필터로 걸러진다. 방의 크기는 모두 다르며, 상황에 따라 노래 부를 기회가 모두에게 주어지지 않을 수도 있다. 다들 흥에 취한 것처럼 보이지만 지극히 맨 정신인 경우가 대부분이며, 한 시간 남짓 신나게 놀다 시간이 끝나면 다시 정신을 가다듬어야 한다. 모두가 살면서 익힌 암묵적인 룰이 있지만 강제성이나 효력은 없기에 흥을 위해서라면 '웃자고', '더 재미있자고' 흐름을 깨거나 바꿀 수도 있다. 주로 마이크를 독점하는 사람들과 분위기를 이끌어가는 주역들이 하는 일이다. 이 밖에도 최근의 방송 경향과 유사한 점은 노래가 끝나고 나오는 점수는 큰 의미가 없고, 부르는 사람과 듣는 사람의 경계가 없으며, 비효율적인 시간 때문에 코인노래방이라는 대체 포맷이 탄생했다는 것을 예로 들 수 있겠다.

　나름 열심히 끼워 맞췄지만 당연하게도 텔레비전 쇼와 노래방은 비교할 수 있는 개념이 아니다. 노래방의 시공엔 지속성이 없다. 더 나은 노래방 퍼포먼스를 위해 열과 성을 다해 발전할 필요도 없다. 메시지를 만들기 위해 고민할 필요도 없다. 그 안에서 일어나는 모든 행위는 아무 영향력도 없다.

　흥으로 세워진 질서는 비슷하나 텔레비전 쇼는 노래방과 달리 완전히 미쳐 날뛴 60분, 그 후 결과에 책임이 있다. 이 업계는 질서를 유지하며 주어진 시간에 최선을 다해 노래를 부르는 사람, 그 사람 곁에서 흥을 돋우는 사람, 더 큰 흥을 위해 '웃자고', '재미있자고' 노래 도중에 돌발 행동을 하는 사람, 그 행동이 '웃기지도 않고 재미도 없다'며 화내는 사람 모두가 필요하고, 그들이 각자 맡은 역할에 책임을 다하는 상당히 정치적인 공간이다.

금기를 깨고 경계를 넘는 것은 코미디가 할 수 있는 가장 멋진 역할이다. 코미디의 해학적 기능은 한 사회의 문화적 지표가 되기도 한다. 그래서 그렇게 시도했다가 불찰이 생기면 반드시 지적이 필요하고, 자정 또한 가능해야 한다.

그러나 더 나은 콘텐츠를 위한 지적과 기대, 새로운 논의를 위한 시도는 종종 '좇까세요' '웃기면 됐지'라는 쉬운 말로 좌절된다. '재미는 재미일 뿐, 따라 하지 말자'라는 문장이 한국에서 가장 유구한 역사를 가진 코미디 프로그램에서 탄생한 유행어였단 사실은 재미를 위해서라면 책임은 나중에 지겠다는 한국 코미디의 이런 저항적, 회피적 성격을 강하게 보여준다.

그러나 한국에서 금기에 도전한다는 코미디들이 그런 모든 비평에서 자유로울 만큼 엄청난 재미를 보여주고 있는지 잘 모르겠다. 이들은 종종 '시청자 여러분', '국민 여러분'처럼 말끝마다 시청자를 집단으로 지목하면서 '우리가 웃음을 무료로 준다'는 이상하고 희생적인 태도를 숨기지 않는다. 그럴 때마다 쓸 일도 없는데 생색만 내는 쿠폰을 받은 것처럼 짜증이 난다. '우리가 이 웃음을 만들기 위해 얼마나 노력했는지 아느냐'는 자기연민도 쉽게 내비친다. 그래서 나는 항상 그들에게 무안함과 거리감을 동시에 느낀다. 이 모든 상황이 지겨워서 사람들은 한국 코미디를 외면한다.

〈개그콘서트〉, 〈웃찾사〉처럼 연극적 성격이 강한 정통 콩트 코미디 프로그램 출연자들의 소외감이나 애환도 이해가 된다. 약한 규제를 틈타 자극적인 소재를 추구하는 대안 매체들, 연습과 노력보다는 편집 기술과 브랜딩으로 승부하는 많은 리얼리티 예능. 이런 데 비하면 한 시간 내내 단편 창작 연극으로서 완성도에 꽤 많은 공을 들이는 노고가 아까울 것 같기도 하다. 그런데 종종 그 고충을 표현할 때 '저희는 순수한 웃음을 표방하고 있으니 관심을 가져달라'라고 한다. 이 부분은 맥락을 잘못 짚은 것이 아닌가 싶다.

미디어가 다양해지고 제작 플랫폼이 폭발적으

로 증가한 것은 자신들의 억울함을 가중시키는 불합리한 변화가 아니다. 그저 새로운 시대의 경쟁 상대다. '순수함'을 강조하는 반응을 보이는 것은 그중에서도 자극적이고 질 낮은 웃음을 표방하는 인터넷 BJ 방송을 라이벌로 삼고 있기 때문인지도 모른다. 그런데 사람들은 순수한 연극 포맷 때문에 오픈 코미디 프로그램을 외면하는 것이 아니다. 반대로 인터넷 시대의 유머를 따라잡기에 급급한 모습을 안타까워하는 경우가 많다.

지상파 3사의 코미디 프로그램이 가진 원초적 단점을 보완한 tvN 〈코미디 빅리그〉만 봐도 알 수 있다. 인터넷 방송은 텔레비전 예능의 시스템과 톤을 모방해 만들어지고 역으로 텔레비전 예능에 다시 영향을 끼친다. '3사 코미디언 올스타'에 가까운 라인업으로 〈코빅〉이 추구하는 것이 인터넷 방송의 감성을 복제한 것에 가깝다는 점이 근거가 될 것이다. 방송의 규제라는 선은 존재하는데 그 안에서 인터넷 방송을 모방해봐야 따라가다 지치는 결과만 반복할 뿐 아닌가? 왜 인터넷 방송의 불공정함과 뉴미디어에 대한 불신을 소재로 삼는 텔레비전 코미디는 없을까. 주로 약자를 혐오하고 자신을 비하하며 얻은 감성을 주고받는 악순환이다.

무대를 직접 보지 않고 텔레비전으로 오픈 코미디를 즐기는 대중들은 분위기를 좌우하는 '흥'에 그리 압도되지 않는다. 무대와 관객 사이의 열기를 편집하고 나면 시청자들은 코미디언들이 만든 콩트의 내용, 전달하려는 메시지에 더 집중한다. 이때 사람들은 저속한 인터넷 매체를 기준으로 이 쇼들을 평가하지 않는다. 오히려 퀄리티가 떨어지는 콘텐츠들에 질려 방송사가 인력, 비용, 시간을 투자해 만든 쇼의 품격을 느끼고 싶어 한다. 원초적인 자극보단 '뛰어난 것' '영리한 것'에 더 많은 갈증을 느낀다. 연극 형태의 한국 오픈 코미디가 과거의 명성을 찾으려면 경쟁 상대가 된 대안 매체의 저속함에 억울함을 갖기보단 그것의 문제점을 통렬히 비판하면서 진짜 오락이 무엇인지 훌륭한 기준을 보여야 하지 않을까.

장례식

〈무한도전〉은 2005년 〈무모한 도전〉으로 시작해 이듬해 고정 멤버가 확정되면서 본격적인 캐릭터 쇼로 자리 잡았다. 등장과 동시에 유재석을 중심으로 연말 시상식의 모든 상을 석권했고 이후 10년간 MBC의, 대한민국 사회의 간판 예능이 되었다.

그래서 믿기지 않았다. 2018년 3월 31일, 동시대의 많은 텔레비전 쇼 중에서 혁신적이고 독보적이며 장르의 패러다임을 바꾸어놓았던, 나의 역사상 가장 위대한 예능 프로그램의 마지막을 네이버 실시간 검색어를 보고 알게 되었다는 사실이.

나는 10대와 20대에 걸쳐 〈무한도전〉과 함께 성장했다. 김태호 프로듀서 같은 유명한 사람이 되어야겠다고 다짐을 했었으며, 토요일 저녁엔 약속도 잡지 않을 정도로 〈무한도전〉을 뜨겁게 사랑했다. 비록 막판에는 누가 나오든 뭘 하든 관심이 없었지만. 〈무한도전〉의 죽음은 놀랍고 서글프면서도 어쩐지 반가운 것이었다.

나는 정확히 2015년 제6의 멤버를 구하는 '식스맨' 특집을 보면서 이 프로그램이 질리기 시작했다. '국민 예능'을 자처하면서 음주운전으로 하차한 길과 노홍철의 공석을 메울 멤버 하나를 뽑겠다고 대단한 스펙을 요구하고 시청자의 과도한 몰입을 유도하며 유난을 보이는 것도 싫었지만, 홍진경을 제외한 멤버 후보 모두가 남성이라는 사실만큼 치가 떨리진 않았다. 〈무한도전〉의 과거를 돌이켜봤을 때 '식스맨' 특집은 크게 문제될 소재도 아니었는데 그땐 왜 그렇게 싫었나 모르겠다. 내가 시대를 보는 관점이 달라지고 '여성'이라는 정체성으로 TV를 보기 시작해서였을까.

아니, 아니다. 다시 생각해봐도 그건 정말 문제가 있는 방송이었다. SNS 추천을 반영했다곤 하지만 데뷔 연차, 경력, 인지도에 관계없이 멤버들이 추천한 모든 종류의 남자 연예인들이 나와 '식스맨' 면접을 봤다. 그 사이에서 유일한 여성 참가자 홍진경은 남장을 하고 얼굴에 콧수염을 그린 채 등장했다. 페미니즘을 소재로 만든 의도된 풍자극이 아닌 이상 저런 연출이 가능한가.

〈무한도전〉이 만든 방대한 역사 앞에서 이런 지점들에 대한 지적은 무력해진다. 이 쇼가 수많은 소재로 쌓아올린 13년의 시간은 당연하게 찬양받고, 어떤 비판을 가해도 열렬히 옹호되는 측면이 있다.

2005년 방송이 시작된 이래 거진 10년 동안 2030 남성 출연진과 제작진이 결속해 만든 방송이 출연진 그룹의 별다른 변화 없이 자리 잡을 수 있었던 이유도 다양한 소재와 퀄리티를 내세웠기에 가능한 일이었다.

'〈무한도전〉은 남성 예능이 아니라, 그냥 재미있는 예능이다.' 이 문장은 주어만 바꿔서 대부분의 한국 남성 예능 프로그램들이 눈 가리고 아웅하는 데 사용하는 변명이다. 남성 중심 사회의 가장 고리타분한 책임 회피 방식이기도 하다. 그나마 〈무한도전〉은 이런 주장을 전면에 내세워도 부끄럽지 않을 만큼 텔레비전 쇼가 연출할 수 있는 재미와 감동을 성실히 추구한 편에 속했다. 그만큼 옹호를 받더라도 이해가 가는 측면이 있었다. 이런 신뢰를 바탕으로 남성 엔터테인먼트의 대표이자 신화가 된 방송. 그런 방송을 여성을 소외시킨다는 이유로 비판하는 건 순진한 비난으로 취급되어도 별 도리가 없었다.

그러나 재미있고 감동적인 도전의 순간에는 언제나 멤버들과 멤버의 '형제들'만이 존재했다. 유재석의 '시청자 여러분, 안녕하십니까'란 말이 너무 이질적으로 들렸고, 그만큼 슬펐다. 한국에서 가장 사랑받는 예능을 나도 함께 사랑하기 위해선 '〈무한도전〉은 남성 예능이 아니라, 그냥 재미있는 예능이다' 라는 자기최면을 끝없이 걸어야 했다.

〈무한도전〉은 리얼리티 예능의 표준 모델이나 다름없었고, 연출자의 개입이 가능한 자막 예능을 선구한 쇼였다. 그렇게 제작진과 출연진 모두가 시청자들의 반응을 끌어내고 연출자, 출연자의 주관을 적극적으로 드러낸 쇼였다. 그런 쇼에서 정치적 다양성에 대한 변화를 촉구하는 목소리를 묵살하고 출연자의 예능 감각과 재미만을 기준으로 삼아 달라는 태도로 일관하는 것이 어떻게 가능한 것인가. 그리고 그것을 따른다 한들 어떤 효능이 있는 것인가.

〈무한도전〉이 막을 내린 이유가 나 같은 시청자의 비판을 의식해서는 절대 아닐 것 같다. 김태호 PD가 각종 인터뷰에서 자주 말한 연출적 피로도와 예능 시즌제를 근거로 삼았을 때, 가장 큰 원인은 대중의 미디어 시청 패턴이 변화했기 때문일 것이다.

유튜브나 아프리카 인터넷 방송은 대부분이 자막과 캐릭터쇼를 기반으로 삼고 있는데 대충만 살펴봐도 모태가 〈무한도전〉이다. 이런 방송들은 '국민 예능'에선 더 이상 할 수 없는 자극적인 모습으로, 쉽게 접할 수 있는 스마트폰 환경으로 유통되고 있다. 소재의 다양성, 제작비용과 시간의 경제성은 말할 것도 없고 〈무한도전〉의 장점 중 하나였던 시청자와의 양방향 소통 속도마저 비교가 안 될 정도로 월등하다.

〈무한도전〉을 소비하는 주 시청 타깃의 연령대가 모호해진 것도 하락세에 큰 영향을 미쳤을 것이다. 〈무한도전〉에 열광했던 10대들은 이제 마냥 웃고 놀기엔 바쁜 30대가 되었다. 태어나면서부터 스마트폰을 마주하는 새로운 세대를 공략하기엔 경쟁자들이 막강하다. 막바지에 비교적 요즘 세대를 대변하는 모델이라 할 수 있는 멤버 조세호와 양세형이 새로 투입되었지만, 그들이 가진 장점과 프로그램이 가진 극적인 관계성은 오히려 죽고 말았고, 두 사람은 프로그램이 받는 주목을 과하게 의식해서인지 다른 프로그램에서 보여준 재능마저 제대로 펼치지 못했다.

외부 요인도 있다. 〈무한도전〉은 MBC가 가장 흔들릴 때 파업에 적극적으로 동참해 저항에 가장 큰 힘을 싣는 역할을 했다. 정치적 소신을 명예롭게 지킨 것은 〈무한도전〉이라는 브랜드를 평가할 때 큰 자산이다. 그러나 결과적으로 정의로움을 택한 대가로 장기 휴방이 거듭되었고, 그러는 사이 사람들은 새롭고 신선한 대안을 찾았다. 시기적으로 이 모든 것이 맞물려 가장 젊고 빛났던 텔레비전 쇼는 지치고 노쇠하게 된 것이 아닌가 싶다.

〈무한도전〉은 다른 예능 프로그램과 같은 선상에서 비교되는 것이 공정하지 못하다고 생각이 들 만큼 한 줄짜리 평가나 요약이 불가능한 쇼다. 매주 다른 테마를 방송하면서 단위가 큰 장기 프로젝트를 동시에 진행한 이 쇼에 애정과 비판을 다 드러내려면 책 열 권도 모자랄 것이다. 그래서 프로그램이 쌓은 오랜 역사와 많은 이야기만큼, 그 끝의 원인에 대한 예측과 소회도 사람마다 다를 것이다.

나의 이유는 이렇다. 한국어가 서툰 러시아 며느리가 등장하거나 성인 남성을 결혼시키려고 미모의 여성과 돌아가며 선을 잡는 것이 더 이상 재미있지 않았기 때문에 이 쇼는 끝나야만 했다. '국민 예능' 역할의 일환으로 시의적인 주제를 고정 패널끼리 토론하는 것도, 여성은 이영애와 김연아처럼 신성시되는 자리에서만 볼 수 있거나 남성 출연자들의 들러리로 출연해 이유 없이 인신공격을 당하는 역할로 제한되어 있는 것도 더는 흥미롭지 않았다. 역사를 말하고, 소외된 것을 듣고, 불의에 참지 않으며, 육체의 한계에 도전하는 모든 기회가 오로지 남성에게만 주어진 방송을 보면서 공감하고, 감동하고, 응원하는 일도 앞으로는 할 수 없다.

그래서 비교적 단출하게 열린 〈무한도전〉의 장례식에서 나는 나의 지나간 시간과 시대, 내 과거의 가치관들을 묻고, 죽음을 추모한다. 조금은 서글프지만, 반가운 마음으로.

WE ARE K-POP

마젤토브 힘내봐

처음 본 영화는 극장 위치까지 기억나는데 처음 들은 가요는 전혀 기억나지 않는다. 대신 아주 어릴 적 연두색 커버의 카세트테이프가 기억이 난다. 아마 서태지와 아이들 '난 알아요'일 것이다. 처음으로 산 CD는 초등학생 때 산 H.O.T 2집 '늑대와 양'이다. 컴퓨터 학원에서 CD를 넣고 돌리는 것을 배웠고 그걸 시도하려고 동네 레코드점에서 처음 구입한 음반이다. 첫 mp3플레이어는 영어 듣기 수행평가용으로 산 삼각기둥 모양의 아이리버였고 그때 늘 들은 노래는 넬의 '스테이(STAY)'였다. 다들 제이팝이나 락, 클래식, 재즈 등 다양한 장르에 한 번쯤 심취할 무렵에도 나는 벅스뮤직 차트를 들었다. 어떻게 보면 내가 가장 다양한 장르를 들었다고 할 수도 있겠다. 팝은 짧게는 5년 길게는 10년 단위로 유행하는 장르가 바뀌니까. 나는 서태지의 힙합, 김건모의 레게, 이정현의 테크노, 조성모의 발라드, 버즈의 락을 '섭렵'했다고 말할 수 있다. 내 말에 눈알을 굴리는 사람들을 무시하고 아주 뻔뻔한 표정으로.

　　아무튼 꽤 꾸준히 듣고 플레이리스트를 정리해
왔다. 초등학생 때부터 일기처럼 만든 케이팝 리스
트는 아직도 잘 쓰고 있다. 2003년에 어떤 곡이 인
기가 있었느냐고 물으면 바로 스무 곡 정도는 대답
할 수 있을 만큼 자주 찾아보는 기록장이다. 특정 가
수보단 작곡가로 음악을 분류하는 것이 가요를 듣기
만 하는 입장에선 편한 일이다. 덕분에 사춘기 시절
내 감성에 영향을 끼친 사람은 모두 30대 이상의 남
자들이었다. 김형석으로부턴 겪지도 않은 사랑의 비
애를, 주영훈에겐 그 비애를 복수심으로 승화하는
비법을, 유영진에겐 사회에 대한 갑작스런 분노를,
이현도에겐 간지를, 박진영에겐 미국에 대한 선망,
방시혁에게는 알 수 없는 남자의 마음을 배웠다.

　　대중가요는 그리 큰 노력을 하지 않아도 접할
수 있었고 성격이나 취향에 관계없이 친구들과 나눌
수 있는 제일 좋은 대화 소재이자 오락이었다. 그래
서 대중가요가 쉬운 음악이라고 생각했던 것 같다.
막연히 나도 미래에는 교향곡을 들으면서 현악기 소
리를 구분하거나, 피아니스트의 연주를 섬세히 구분
할 수 있는 어른이 되겠지 싶었다. 그러나 나는 여전
히 매달 매주 케이팝으로만 구성된 플레이리스트를

휴대폰에 차곡차곡 쌓는 중이다.

　　청담사거리에서 압구정 갤러리아 백화점까지 가는 보도에는 대형 베어브릭 피규어가 있다. 케이팝 아이돌의 공식 로고가 새겨진 조형물 옆을 걸을 때마다 괜히 누가 있고 누구는 없는지 마음 졸이며 살펴보게 된다. 압구정로데오역 부근에 최종보스처럼 서 있는 싸이의 강남스타일 피규어까지 보고 나면 이것들은 언제쯤 철거될까, 계속 있는 걸까 궁금해진다. 싫고 지겨워서가 아니라 이 문화는 언제까지 유효할지를 생각하게 되는 것이다. 2014년에 데뷔한 아이돌이 최신 업데이트된 피규어 같은데 그럼 그 후 세대 아이돌은 어디다 세울 것인가? 압구정역, 신사역을 지나 반포, 이수교차로까지 피규어 대열이 이어지는 상상을 한다. 그러면서 이 아이디어를 처음 받아준 구청장이 어느 당이었는지, 범죄자가 되어 더 이상 텔레비전에 나오지 않는 아이돌의 조형물은 어떻게 처리한 건지 찾아보면서 그런 내가 싫어지는 것이다.

　　god 박준형이 H.O.T의 의미가 'High-five of Teenager'라는 사실을 알고 아주 한참을 이상하다고 생각했다는 건 꽤 유명한 이야기다. god는 'Groove Over Dose', '과다복용'인데 그건 괜찮았던 걸까.

나는 케이팝에 쓰이는 이상한 언어에 호기심이 많다. 처음엔 주술 관계와 문법을 어기고 영어, 라틴어가 효과음처럼 섞인 비문투성이 가사들이 의미가 없고 가벼워서 좋았다. 제국의 아이들이 2011년에 낸 '라틴 걸, 멕시칸 걸, 코리안 걸, 재팬 걸, 마젤토브 힘내봐'라는 노래까지 갔을 때도 그것이 무성의한 것이라고 생각하지 않았다. 어차피 케이팝은 공허한 댄스음악이니까 어떤 가사가 나와도 대안적인 해석이 가능했다. 회사가 결정해서 시키는 대로 노래하고 춤추는 기획사형 가수들에게 가사에 대한 통제력이 없는 것은 당연하다고 전제하고 있었으니까.

2010년대 초반부터 '유튜브 케이팝'이라 불리는 시기가 도래했고 외국(영어권) 작곡가들의 케이팝 참여가 당연한 것이 되었다. 그래도 의미 불명, 국적 불명 가사는 케이팝 고유의 문법이 되어 계속 생산되고 있다. 무대와 뮤직비디오가 더 중요하고, 노래보다는 노래 속에 담긴 세계관의 설계가 더 중요해져 '보고 소비하는 음악'의 최전선이 된 케이팝은 이제는 노래도 가사도 콘셉트도, 얼마나 멋지고 뜻있게 파괴하느냐 하는 단계에 접어든 것 같다.

〈god의 육아일기〉는 표면상으론 육아 예능 카테고리에 속하겠지만 이 프로그램에서 god가 어떻게 육아를 했었는지 회상하면 아이돌 예능으로 분류하는 것에 다들 동의할 것이다. 그때 god 팬들은 'god가 재민이를 키운 게 아니라 재민이가 god를 키웠다'는 말을 정말 싫어했다. 엄밀히 틀린 말은 아니었다. 지금 방송 환경에 대입해본다면 여러모로 대단한 기획이었다. 지상파의 토요일 저녁 시간대 편성, 현대 예능의 기본 문법인 관찰 예능 형식의 리얼리티 포맷, 온갖 사연으로 무장해 이제 막 뜨기 시작한 남자 아이돌이 SNS 스타가 될 법한 귀여운 아기를 양육하는 가족 시트콤. 온 세상이 이 그룹을 띄우기 위한 최적의 조건을 만들어준 것이나 다름없었다. god가 방송의 배경이 된 낡은 숙소에서 넓은 평수의 아파트로 가는 것은 시간문제였다.

물론 멤버 개개인의 역량과 마침 최전성기를 누리던 프로듀서, 작곡가의 음악이 뒷받침되어 가능한 일이었겠지만, 인과만 놓고 보면 예능 프로그램 하나가 국민 아이돌을 만든 것이나 다름없다.

〈육아일기〉의 성공 이후 보이그룹이 프로모션

으로 예능 프로그램을 제작하는 것은 공식으로 자리 잡았다. 2004년 동방신기 이후 2세대로 불리는 케이팝 아이돌이 데뷔할 때 이런 전략은 더욱 활발해졌다. 아예 예능계에 도전하기 위해 그룹 안에 유닛을 따로 나눠놓은 슈퍼주니어도 데뷔했다. 슈퍼주니어가 지상파 예능 게스트로 활약하며 기존 시스템에 적응하려 했다면 〈육아일기〉처럼 단독 프로모션 예능으로 가장 수혜를 입은 것은 2PM인 것 같다.

〈아이돌군단의 떴다! 그녀〉 시즌3로 인지도를 확보한 2PM은 2000년대 소위 '빠순이 방송'을 만든 김태은 PD가 연출한 〈와일드바니〉에 출연했다. 당시 젊은 층에겐 센세이션에 가까운 획기적인 예능이었다. 매니저 몰래 도망쳐 홍대 노래방 가기, 펜션에서 난장판 만들며 놀기, 남탕에서 '아브라카다브라' 패러디 뮤직비디오 만들기 같은 에피소드 역시 어떤 요구를 정확히 관통했다. 이후 쏟아진 아이돌 예능이 유재석, 강호동이 출연한 기성 지상파 예능 프로를 모방하는 데 그친 것과 비교해도 멤버 하나하나가 돋보인 상당히 차별성 있는 기획이었다.

그리고 그 무렵 엠넷은 〈슈퍼스타K〉를 론칭했다. 케이블방송 최초로 7퍼센트대 시청률을 돌파했지만 겨우 7프로밖에 안 되나 의심이 들 만큼 방송

의 파괴력은 엄청났다. '기적을 노래하라'라는 슬로
건은 국민 모두가 노래를 할 수 있다는 믿음을 심었
고, 그런 희망은 결과적으로 대중가요에 대한 보편
적인 관심을 증가시켰다. 대학생이었던 내 주변에도
〈슈스케〉 예선에 참여한 사람이 많았고, 시즌2로 허
각의 '인생 역전' 스토리가 제대로 성공한 뒤에는 젊
은 세대뿐 아니라 거의 모든 사람이 기적의 주인공
이 되기를 꿈꿨다. 여덟 번째 시즌으로 마무리된 〈슈
퍼스타K〉는 '금요일 밤은 엠넷 예능'이라는 공식을
1020 시청자에게 확실히 심어 뒤이은 〈쇼 미 더 머
니〉, 〈고등래퍼〉, 〈프로듀스〉 시리즈 홍행의 포석이
되기도 했다.

　　팬덤과 케이팝을 이용해 음악방송국 엠넷의 대
대적인 실험이 성공하자 지상파에서도 〈위대한 탄
생〉, 〈나는 가수다〉, 〈불후의 명곡〉 등 케이팝, 기성
가요를 기반으로 음악 서바이벌을 만들기 시작했다.
그중에서도 가장 발전적인 형태의 케이팝 예능이라
면 역시 〈케이팝스타〉였다. 정말 모두가 기적을 노
래하는 상황에 이르고 서바이벌 우승 이후의 비전을
제대로 그려내지 못하자, SBS는 그런 단점들을 보완
하고자 3대 기획사의 매니지먼트를 우승 특전으로
내건 것이다. 이미 90년대에 〈영재 육성 프로젝트〉

라는 10대 오디션 프로그램으로 조권, 민선예 등을 발굴한 박진영과 YG의 양현석, SM의 보아, 안테나의 유희열은 자신들이 오랜 기간 축적한 인사이트를 이용해 박지민, 이하이, 권진아, 악동뮤지션 등 참신한 가수들을 발탁했다.

그러자 엠넷은 한국에 있는 모든 소속사의 연습생들을 모아 〈프로듀스101〉을 제작하기에 이른다. 나는 일본의 AKB 시스템을 잘 몰랐기 때문에 장근석의 구호와 함께 여자 연습생 101명이 교복을 입고 거대한 쇼케이스에 서서 인사하는 모습이 너무 큰 충격이었다. 그러나 처음의 충격은 익숙함으로 상쇄되었고 결국 나는 이 오디션의 열혈 시청자가 되어 매주 그들의 순위를 살펴보는 사람이 되었다.

〈케이팝스타〉 우승자의 나이가 점점 어려졌다는 점, 〈프로듀스48〉 최종 센터 멤버가 열다섯 살이라는 점은 케이팝이 어디로 가고 있는지 보여주는 정확한 지표였다. 마음이 자꾸만 어두워졌다. 이런 방송으로 데뷔한 멤버들은 공식처럼 음악방송 1위를 하고, 팬사인회를 열고, 〈정글의 법칙〉이나 〈런닝맨〉, 〈해피투게더〉에 순회하듯 출연했다. 그리고 1년 후 예정대로 해체를 했고, 소속 회사에서 재데뷔해 활동하면서 똑같은 스케줄을 반복했다. 이들이 노력해온 과정에 비해 지나치게 허무하고 단조로운 과정이자 결말이었다.

〈프로듀스101〉은 '연습생들의 꿈'을 응원해달라고 한다. 왜 그런 꿈을 꾸게 되었는지, 왜 그 꿈이 절실한지는 자세히 알려주지 않는다. 트레이너들은 언성을 높이며 연습생들을 코칭하지만 피땀 흘려 얻은 안무의 정확성과 보컬 능력은 이 프로그램에서 별로 중요하지 않다. 측정하기 애매한 '매력' 자체가 따내야 할 목표다. 그리고 그 매력은 시청자보다는 편집 권한이 있는 연출자에게 어필되어야 하는 것이다. 단시간에 매력을 보여주지 못했다면 뭘 더 노력해야 하는지도 제대로 알지 못한 채 이 바닥을 떠나야 한다. 그것이 하루에도 수많은 그룹이 데뷔하고 해체하는 치열한 케이팝 세상의 룰이라는 이야기마저 겸허히 받아들여야 한다. 언뜻 세상의 이치가 다 그런 거라는 소리처럼 들릴지도 모르지만 하나하나 뜯어보면 공정함이라고는 눈곱만큼도 찾을 수 없는 나쁜 교훈이다. 그리고 이 나쁜 교훈들을 듣는 출연자와 시청자는 10대, 20대가 대다수다.

지금 아이돌 서바이벌이 〈슈퍼스타K〉나 〈케이팝스타〉와도 달라진 점이 있다. 참가자들은 늘 두 손을 공손하게 모으고 어딘가 주눅이 들어 있다. 말 못하는 캐릭터가 주인공인 아동용 만화처럼 말랑말랑하고 단순한 태도만 남은 참가자들은 짧은 시간 동안 뭐라도 보여줘야 한다는 압박감과 불안을 통째로 내비친다. 시청자들은 점점 화면을 분해해서 엔딩의 각도, 애교할 때의 포즈, 윙크하는 모습 같은 것들에 집착하고 '꿈을 응원해달라', '노력을 기특하게 여겨달라'는 방송의 형식적인 메시지는 책의 띠지처럼 있어도 그만, 없어도 그만인 것이 되어버렸다.

결국 이 방송을 보는 사람들은 시청자라기보다는 연습생 개인에게 맹목적인 지지를 보내는 후견인이 되어 종교 단체와 선거철의 지지자처럼, 이 잔인한 시스템을 욕하면서도 '내 아이'를 구하고 살리기 위해 광적으로 매달리게 되고 만다. 그리고 방송사는 이 모든 반응을 양적으로 산출해 내용과 질에 관계없이 '방송에 대한 관심'으로 무장한 뒤 모든 비판에서 자유로워진다.

와일드 바니

2019년 BTS가 영국 웸블리 공연 계획을 발표할 때쯤, 엠넷은 자사 캠페인 슬로건을 'WE ARE

K-POP'으로 정했다. 케이팝 자체가 가진 긍정과 부정의 의미 모두를 안고 가겠다는 각오 같아서 비장함이 느껴졌다. 한국에서 가장 큰 케이팝 시상식인 MAMA(M-net Asian Music Awards)는 이름처럼 케이팝이 곧 엠넷임을 증명하는 자리다. 그곳엔 엠넷의 예능을 한 번쯤은 거친 아이돌들이 무대를 차지하고, 이 시상식은 그 보이그룹과 걸그룹의 위상을 지켜준다. MAMA에 간혹 힙합 가수와 밴드음악이 나오긴 하지만 확실히 그들은 주인공이 아니다. 엠넷이 주류로 생각하는 장르는 자신들이 꾸준히 확장하다 세계적인 응답까지 받게 된 케이팝 댄스음악이고, 그것이 바로 'WE LOVE K-POP'이 아닌 'WE ARE K-POP'이 슬로건인 이유가 된다.

지금의 케이팝 아이돌 예능을 제작하는 사람들에게 'WE ARE K-POP'이란 문장은 완벽하다. 자신만만한 감정은 담겨 있으나 산업 자체가 소비자들에게 미치는 영향에 대한 책임감까지 내포할 필요가 없기 때문이다.

JTBC의 〈믹스나인〉은 그런 태도를 기반으로 만든 최악의 케이팝 서바이벌이었다고 확신한다. 〈케이팝스타〉의 마지막 시즌6에는 이전 시즌과 달리 기획사에 이미 속해 있는 연습생들의 지원도 함께 받았다. 대형 기획사 대표인 심사위원 세 사람이 각자의 방식으로 중소 규모 기획사 연습생들을 평가한다는 취지였고, 이전 시즌과 달리 새로운 음악을 하는 출연자보다는 〈프로듀스101〉처럼 어리고 예쁜 '케이팝 비주얼'의 연습생이 대거 선택되었다.

내 추측일 뿐이지만 여기서 아이디어를 얻었는지 YG는 〈프로듀스101〉을 기획한 한동철 PD와 〈믹스나인〉이라는 서바이벌 오디션 프로그램을 론칭한다. 중소 기획사를 탐방하며 가능성 있는 연습생이나 별 두각을 보이지 못한 기존 아이돌 멤버들을 '선택'한 뒤에 YG에서 프로듀싱해 데뷔시킨다는 포맷. 포맷만으로 권위에 압도당할 것 같았다. 아니나 다를까, 양현석은 첫 회부터 각 기획사를 돌아다니며 연습생들의 상태를 비롯해 건물, 기획사 사장의 자동차, 과거 등을 과감하게 평가하며 '기회를 준다'는 시혜적인 태도로 온갖 막말을 내뱉었다. '양현석이 중소 기획사를 돌아다녀본다'는 것이 시트콤이었으면 좋았을지도 모르겠다.

〈믹스나인〉은 탐방이 끝나고 나서부터는 〈프로듀스101〉과 똑같은 구성으로 진행되었고, 그마저도 별 주목을 받지 못했다. 항간에는 남녀 연습생을 함께 출전시킨 탓에 '연애 감정'이 담보가 되는 팬덤형 시청자들을 잡지 못한 것이 부진의 원인이었다는 평가도 있었다. 완전히 틀린 분석이다. 이 방송은 〈슈스케〉부터 찬찬히 시청자를 길들여온 엠넷형 서바이벌과 대적하기에는 맥락이 없었고, 첫 기획사 예선부터 양현석의 주관대로 뽑힌 참가자들이 이후에 어떤 식으로 공정한 평가를 받을 수 있을지 기본적인 신뢰조차 얻지 못했다.

우여곡절 끝에 마지막 파이널 생방송까지 마쳤지만 〈믹스나인〉은 이미 내 주변 누구도 보지 않는 방송이었다. 그래서인지 프로그램의 존재의 이유나 다름없는 'YG 프로듀싱 후 데뷔'는 무산되었고, 데뷔가 확정되어 있던 연습생의 소속사와 YG 사이에는 법적 대응까지 오갔다. 케이팝 서바이벌 프로그램의 공통점은 '결과'에 집착하고 과정보다 결과가 중요하다고 말하는 것을 부끄러워하지 않는다는 점인데, 〈믹스나인〉은 결과는 없는 개고생이나 다름없었다. 참가자 개개인에게는 소중한 경험이 되었겠지만, 한 연습생의 데뷔 과정에 과도한 몰입을 요구한 방송과 그것에 유도당하려 했던 시청자인 나 사이의 어색함은 어떤 길로도 지울 수 없었고, 이것은 내가 살면서 본 수많은 케이팝 예능, 서바이벌 예능, 오디션 예능의 처참한 최후처럼 느껴졌다.

앞으로도 가요는 예능이 될 수 있을까? 사실 한국 예능은 토크나 콩트보다는 경연이든 공연이든 음악이 소재인 예능이 넘친다. 〈쇼 미 더 머니〉, 〈킬빌〉, 〈미스트롯〉, 〈슈퍼밴드〉, 〈팬텀싱어〉처럼 포맷은 서바이벌이지만 팝이 아닌 장르를 부각하는 형태의 쇼가 있다. 〈보이스 오브 코리아〉, 〈도전 1000곡〉, 〈너의 목소리가 보여〉, 〈더 콜〉, 〈건반 위의 하이에나〉처럼 가요를 소재로 한 오락 프로그램도 있다. 거기다 〈육아일기〉, 〈와일드 바니〉, 〈2NE1 TV〉 같은 아이돌 프로모션 예능은 커져버린 산업, 늘어난 기획사 수와 방송 채널 수만큼 많이 존재한다. 무대 뒤의 케이팝을 주제로 한 기획사 취업 서바이벌 〈슈퍼 인턴〉, 작곡가 서바이벌 〈슈퍼히트〉, 〈브레이커스〉처럼 더 세분화된 파생 프로그램까지 생겼다.

그중에서 〈놀라운 토요일〉은 정말 놀랍다. 정확히는 〈놀라운 토요일〉의 1부 프로그램 '도레미 마켓'의 구성이 정말 놀랍다. 한국 90년대 나이트 문화의 맥을 (왜인지) 홀로 외롭게 이어가고 있는 인간문화재 붐이 있는 끼 없는 끼를 끌어모아 케이팝 트랙 하나를 재생하면, 한국 방송계의 절대적 호감 영역에 있는 예능인 군단은 비트에 휩쓸려 잘 들리지 않는 가사를 받아 적어 맞혀야 한다. 그리고 그들이 힘을 모아 미션을 성공하면 전국에서 공수한 일품요리들을 먹을 수 있는데, 실패하면 스튜디오 한쪽에 앉아 있는 유튜브 먹방 BJ '입짧은 햇님'이 요리를 먹는다. 한국 유튜브를 먹여 살리는 양대 산맥 '케이팝'과 '먹방'의 조합! 그걸 균형 있게 배합하거나 완전히 웃기게 리믹스한 게 아니라 오공본드로 억지로 붙여놓은 모양새다. 이 쇼는 기존 음악 예능과 비교하면 조금 따분한 형식일지 모르겠지만, 아이돌 그룹 중심의 케이팝 예능 카테고리에서 볼 땐 인물, 개인에게 의존하지 않고 케이팝 자체를 듣는 음악으로 다루는 새로운 포맷인지도 모른다.

박재범이 탈퇴하면서 영원히 방영되지 못한 〈와일드 바니〉의 마지막 회를 기다리는 것은 케이팝 리스너들 사이의 오래된 농담 같은 것이다. 설령 그 방송을 지금 와서 본들 그렇게 유쾌한 것이 되지는 못할 것이다. 마지막 회가 결방된 이유 역시 다시 꺼내봤자 개운하지 않은 구설만 반복된다. 케이팝 소재의 예능은 시청자들이 반 발짝만 떨어져서 봐도 뭔가 잘못됐다는 걸 바로 알 수 있는 장르다.

김건모, 이정현, 조성모를 시작으로 젝스키스, 결국엔 H.O.T까지 부활시킨 〈무한도전 – 토토가〉의

열풍도 식은 지 오래고 그런 리부트의 효용성에 열변을 토하던 시기도 지났다. 〈육아일기〉를 찍었던 god는 2018년 〈같이 걸을까〉에서 아이돌 god가 아니라 젊음을 함께한 동료이자 가족으로서 자신들의 모습을 보여줬다. 〈캠핑클럽〉 역시 이제는 각자의 삶과 영역을 완전히 갖게 된 핑클 멤버들의 로드트립이 소재다. 방송은 걷고 이야기를 나누며 인물들을 조명하는 것에서 재미를 찾아 보여주고, 다시 스테이지 위 그들의 모습에 스토리를 부여한다.

나는 케이팝의 인물을 다룰 예능이라면 노력을 강요하는 서바이벌보다는 이런 드라마가 존재하는 편이 훨씬 좋다. 'god나 핑클이야 쌓아온 서사가 있으니 가능한 거지'라는 반응이 거셀 것이다. 결국 그것은 god와 핑클이 젊은 시절 아이돌로서 모든 것을 참고 견딘 보상처럼 받아들여질 것 같아 두렵다.

그러나 나는 정말 리얼리티 예능에서만큼은 그 사람이 존중받고 있다는 연출이 정말 중요하다고 생각한다. 의미가 불분명한 가사가 반복되더라도 분명 사람이 만든 음악이다. 아직 어리고 보호를 받아야 할 연령대를 대상으로 삼고 싶다면 그들에게 '거친 세계'임을 주지시켜 개개인에게 통제력을 기르라고 종용하기보다는 그들을 컨트롤하는 회사는 윤리적 고민을 거듭하고, 제작사는 시청자들에게 기본적인 안전 거리를 보장해야 할 것이다. 시청자들에게도 케이팝이라는 특수한 주제에 매몰되지 않고 이 자체를 하나의 방송처럼 분리해서 보는 힘이 필요한 것 같다. 나는 케이팝-예능이 분명히 지금보다 잔인하지 않은 방식을 택할 수 있다는 걸 알고 있다.

직업: 트로피 수집가

내 기나긴 텔레비전 시청의 여정에는 나만의 세계관이 존재한다. 남성을 주인공으로 해서 세계관을 서술하는 것이 영 지겨운 일이지만, 그래도 시대에 대한 설명을 돕기 위해 유재석을 이용해야겠다.

유재석은 내가 아무런 말도 생각도 할 수 없고 먹고 자는 것이 유일한 일과이던 선사-아기-시대 이후 출현한 인물로, 이 세계관의 창조자인 내 인지 능력의 성장과 함께한 메인 캐릭터 중 하나다(따라서 문명 이전의 남성 예능인인 이주일, 심형래, 이봉원 등은 원시인이나 조상, 유령, 더 나아가 공룡 같은 것에 가깝게 인식하고 있다.)

그래서 '고대-남성중심 사회(여성이 존재하지 않는 사회)'부터 설명을 시작한다. 이 시대의 유재석은 주로 허약한 체력과 쪼잔한 성품으로 놀림을 당하는 아웃사이더이더였다. 주로 메뚜기 탈을 쓰고, 나이트에서 부킹에 실패했다거나 돈이 없어 주유소에서 기름을 천 원 어치 넣었다는 이야기를 여기저기서 팔던 보따리 장사이기도 했다. 이런 장사치들을 거둬 먹인 당시의 대부호 서세원이나 누군가를 속이는 것에 정신이 팔린 미치광이 사제 이경규에 비하면 큰 비중이 없는 캐릭터였다.

둘째는 '후기고대-남성중심 사회(진부한 여혐

사회)'다. 여기서 유재석은 훗날 자신의 평생 자산이
될 집단 예능의 지배자로 자리 잡은 후, 당시만 해도
밋밋하고 크게 인기가 없었던 '진행자'라는 캐릭터
를 차근차근 강화했다.

셋째는 '중세-남성종교 사회(고도의 여혐 사
회)'로 '어떻게 유느님을 욕할 수가 있느냐'가 국가
의 통치 이념인 종교사회다. 이 시기에 유재석을 욕
하는 것은 곧 신과 국가를 동시에 모욕하는 것이며
그를 욕한 사람은 바로 단두대에 올라 '네 인생을 돌
아보아라, 너에게 유재석을 비난할 근거가 있느냐'
는 주제로 집행관 하하가 주도하는 신성모독 재판을
당해야 했다.

드디어 넷째 '근세-남성혐오 사회(남혐 태동 사
회)'에 들어서 국면이 바뀐다. 이 시기가 돼서야 군
주 유재석에 대한 절대주의가 집단 광기로 조롱을
받는다. 이런 과정을 거쳐 나의 텔레비전 세계관은
'근대-남혐 사회(여성 겨우 중심 사회)'까지 왔고,
'그래, 유재석 정도면 좋은 사람이지' 하는 평가와
'비교우위에서의 선점을 통해 여성을 배제하고 권력
을 독점해온 독재자를 규탄하자'는 운동가들의 치열
한 전쟁이 계속되며 '후기근대-남혐 사회'로 나아가
고 있다.

어릴 적에 웅진 출판사에서 나온 어린이 인문 교양 잡지 「생각쟁이」를 구독했었다. 위인전만 읽던 시절이어서 죽은 사람이 아닌 생존한 위대한 사람의 일러스트가 매달 표지에 실린다는 점이 신선했다(잡지 자체가 약간 밀레니엄 분위기에 취해서 그런 신선한 자신을 대견해하는 느낌이었다.) 지금 기억나는 「생각쟁이」의 역대 표지 모델은 스티브 잡스, 박찬호, 이어령, 손정의, 심형래, 황우석이다(이제는 어떤 코멘트를 하는 것이 불가능한 목록이다.)

학생 때는 나중에 논술 전형으로 대학을 갈 수도 있단 생각에 지학사에서 나온 「독서평설」을 구독했었다. 주로 교육 컨설팅이나 입시 전형 설명, 고전 문학, 비문학 해제 등이 실린 유익한 학습 잡지였는데, 그렇기 때문에 가끔 논술 과제 참고할 때 말곤 제대로 읽어본 적이 없는 잡지이기도 했다. 이 잡지에는 매번 학생 독자 중에서 뽑힌 모델이 표지를 장식했다(친구 언니가 모델로 선정된 적도 있다.) 한 페이지 분량으로 에디터가 대충 그 학생의 외모나 촬영 때의 행동을 묘사하고 나면, 어느 동네에서 왔고 어느 학교를 다니고 지금 무슨 생각하는지 정도의 정보가 나왔다. 나중엔 그 부분만 읽고 그냥 책장에 꽂아 놓은 적이 더 많았던 것 같다.

비슷한 무렵에 영화를 좋아하고부터는 재미있는 부록이 많다는 이유로 「스크린」을 정기구독했고, 거기서 준 『한국영화배우사전』이라는 단행본은 아직 간직하고 있다. 사전이라기엔 편집자의 주관적인 평가가 대부분이고 배우마다 분량도 제각각이지만, 한국 배우들에 대한 인상비평을 그렇게 대책 없이 모아놓은 책도 없다. 거의 '나무위키 프로필' 요약집이다. '신세대의 초상', '90년대 충무로의 얼굴' 같은 촌스럽지만 왠지 아쌀한 카피라인들과 함께 각 잡힌 배우들의 화보를 보고 있으면 기분이 좋았다.

남성 잡지 「GQ」의 연말 특집 '올해의 남자'에 흥미를 가진 것도 이런 취향의 연장이었다. 그해에 가장 눈에 띈 배우, 가수, 건축가, 시인, 운동선수 등이 영광의 얼굴처럼 소개됐다. 그냥 그렇게 인물을 일정한 근거로 주목한 뒤에 명성을 박제하는 것이 유치하지만 재미있었고 좀 멋지다고 생각했다.

몇 년 전에 친구가 바로 그 「GQ」 '올해의 남자'로 선정된 유세윤의 화보를 보고 멋지다고 했다. 슈트를 입고 개코원숭이 포즈를 했는데 우습지가 않고 깔끔하게 넘긴 머리, 어색함 없는 태도 같은 것이 어쩐지 '미국 코미디언' 같다고 했다(이 얘기를 유세윤이 들으면 정말 좋아하겠단 생각을 했었다. 분명 그는 한국의 앤디 셈버그가 되고자 노력했다.)

"모두가 가오 잡느라 바쁜 세상에 망가지는 것 따위 두렵지 않은 코미디언 히어로." 사진도 인터뷰도 근사했지만 그 자체가 2000년대 중반부터 지금까지의 예능 업계 주류 남성들을 상징하는 이미지 같았다. 누군가를 맑게 웃기기보단 어딘가로부터 호명되고 리스팅되는 것이 업적이자 성취이며 명예가 되는 사람들. 그들은 슈트를 입고 남성지 커버 모델이 되거나 방송사 연말 시상식 트로피를 들기 위해 노골적으로 급을 나누고, 줄을 세우고, 상대를 비난하고, 자책하는 것 같았다. 무슨 말을 하는지, 가진 재능이 어떤지보다 얼마나 인정받고 있는지가 더 중요한 것처럼 보였다. 그리고 그것을 위한 지극히 정치적인 행동들이 성공한 예능인의 감각이자 자질이라고 자기 입으로 말하고 다녔다. 시청자에게 자기 근성이나 기질 자체를 재능으로 평가해달라고 노골적으로 호소했다. 그런 속없는 인정투쟁과 자격지심은 언젠가부터 남성 예능의 가장 큰 동력이 되었고, 거기엔 어떤 수치심도 없어 보였다.

그리고 그런 그들이 목표로 삼은 곳에 이미 가 있는 사람들을 하나씩 얘기하다 보면, 그 힘이 결국 어떤 결과를 초래했는지를 알게 될 것 같았다.

성부, 성자, 성령의 이름으로

남성 연예인들은 대개 커리어의 성공과 함께 '거물'에 준하는 이미지를 쉽게 얻는다. 이 거물이 과거가 특별히 문제될 게 없고 사생활을 탈 없이 유지하고 정치적 의견이나 사회 담론에 대한 소신을 최대한 잘 숨기고 참으면 '하느님'으로 격상된다. 한국의 유명인 중 그런 절대적 의미의 신은 유재석 한 명뿐이다.

연예인의 브랜드 가치를 조사하고 평가할 때 인지도와 인기도 두 가지를 측정한다면 '하느님'은 두 가지가 다 높은 것은 물론이거니와 하나가 더 있어야 가능하다. 강호동도, 이승기도, 박보검도 될 수 없는 무언가.

'-느님', '-갑' 같은 은어가 처음 인터넷에 등장했을 때 이 접미사는 대개 조롱의 의미였다. 시간이 꽤 지나선지 지금은 쓰임새가 처음보다 단순하게 정착되면서 여론의 '인성 검증'을 통과한 유명인만이 받을 수 있는 상찬의 칭호가 됐다. '인성'이라는 단어가 쓰이는 원리와 기능이 그렇다. 10대들 사이에서 잘나간다 싶은 연예인이면 모두 이름 뒤에 인성이 연관 검색어로 따라붙는다. '인성'이란 누군 가에게 피해를 주며 살아오진 않았는지 과거를 들춰 심판하고, 그의 인터뷰나 목격담 등을 토대로 도덕 성을 평가하는 단위로 작용한다(주로 학창 시절의 비 행, 일진, 왕따 가해, 학원폭력 가해 여부 같은 것들이 심사 대상이다.) '너는 이제 많은 영향력을 발휘하고 큰돈을 벌게 될 테니 이러한 검증이 당연해' 하는 방 식으로 평가가 진행된다. 그렇기에 이 '인성 평가'라 는 것은 꽤 집요하고 쉽게 승인을 내려주지 않으면 서도 누군가에게는 어이없을 정도로 쉽게 허락하기 도 하는, 형평성이 부족한 테스트다.

진정한 '하느님'이 되려면 깨끗한 과거와 훌륭 한 커리어를 지녔음에도 어쩐지 나대는 캐릭터여서 는 안 된다. 나도 종종 포함되기도 하는 인성평가단 은 누가 나대는 걸 극도로 싫어하고, 과거부터 지금 까지 착실하게 일해서 지금의 자리까지 올라간 인물 을 좋아하기 때문이다. 유재석은 그런 과정을 모두 통과해 진정한 절대자가 된 네티즌 예능 시대의 첫 번째 하느님이다.

〈무한도전〉과 〈1박 2일〉이 경쟁 구도를 확립한 뒤로 디씨에서는 시도 때도 없이 '무도빠'와 '1박빠' 가 전쟁을 벌였다. 정치사회 갤러리의 종북 척결 싸움보다 치열했던 것 같다. 디씨는 남초 커뮤니티 중에서도 야구, 해외축구, 스타크래프트 등 온갖 스포츠 중계가 가능한 커뮤니티 역할을 하고 있는 곳이고 유저 수도 상당하기 때문에, 경기가 없는 날엔 텔레비전에 나오는 것이라면 뭐든 중계를 했다. 제작진을 대신해 스쿼드를 짜고, 전략을 세우고, 출연자들의 포지션과 폼을 평가하고, 골과 어시스트 개수를 매겼다. 평가 기준은 대개 자극의 강도였다. 따라서 게시판이 몇 페이지씩 'ㅋ'로 도배되면 그건 그날 방송에서 '방송에서 저래도 되나' 싶은 행동이 터진 날이었다.

'유느님'은 이렇게 무엇이든 일단 까고 시작하고 센 자극에만 반응하는 남초 시청자들이 먼저 유재석에게 하사한 닉네임이었다.

이상했다. 그는 강호동이나 김구라처럼 남성들에게 더 큰 인기를 끄는 인물도 아니고, 오히려 과거부터 지금까지 줄곧 여성 커뮤니티가 선호하는 예능인인데. 내가 제일 좋아하는 유재석의 모습 또한 여초 커뮤니티에서 출처도 불명확하게 떠도는 이야기 속에 있다. 허름한 차림으로 학원 가는 아파트 주민 학생에게 유재석이 '학원 가니? 그러고 가니?^^'라고 했다는 일화. 유재석이 진짜 한 말인지 아닌지도 확실하지 않지만 유재석에게 단 하나 빼앗고 싶은 게 있다면 성실히 쌓아온 커리어나 부와 명성 같은 것이 아니라 모든 여초 커뮤니티에서 화제가 된 이 일화 속 "그리고 가니^^?"라는 문장 하나다. 대다수 사람이 별 의심 없이 이 일화 하나로 유재석을 귀여운 사람이라고 믿는다는 점에서다. 나는 그의 '깐족대지만, 무해하고 귀여운' 이미지가 대체로 여성시청자들이 열광하는 지점이라고 생각했다. 그래서 '유느님'이란 호칭이 남초 커뮤니티에서 나왔다는 게 의아했다. 유재석 개인의 스타일을 놓고 보자면 그들이 이런 호칭을 붙일 만한 요소가 없을 거라고 생각했다.

물론 그의 초기작을 보면 '이입 가능한 인물'이라는 점에서 인기가 있을 법도 했다. 그는 늘 자신감이 부족한 '너드'였다. 안경을 썼고, 허약하지만 마냥 지는 것은 싫어하고, 여자를 좋아하지만 인기가 없고, 힘으로는 강호동에게 재치로는 이휘재에게 밀린다는 인상. 충분히 안티히어로적인 이입이 가능한 인물이었다. 하지만 이런 동질감이 누군가를 '절대자'로 만드는 데 작용한 것은 아닐 거다. '유느님'이 된 2000년대 후반은 그가 이런 특성에서 완전히 벗어난 때이기도 했다.

늘 힘이 없던 그는 지구력을 택한 것처럼 보였다. 그러다 보니 자연스럽게 너드 콘셉트를 벗었다. 그의 성공이 기록된 공간은 방송국 안의 컨테이너(〈동거동락〉), 실내 운동장(〈X맨을 찾아라〉), 방 안(〈놀러와〉), 교실 안, 사우나 안, 분식점 안(〈해피투게더〉)처럼 방청객이 없거나 적고, 소규모 인원이 제한된 공간에서 함께 하는 실내였다.

그는 점차 누군가를 웃기기 위해 직접 상황극을 만들고 자기가 아닌 다른 사람들을 움직이는 지휘자가 되었다. 그러면서 자신이 가지지 못한 특질의 남성 캐릭터를 장기판의 말처럼 사용했고, 그렇게 하고 있단 사실을 숨기지 않았다. 서열에서 우위를 차지하게 되자 남성 시청자들 또한 유재석을 인정하게 됐다.

그 뒤로 유재석은 '유느님' 캐릭터를 본격적으로 이용했다. 필요 이상으로 깐족대지 않았고 체력을 기르고 스타일을 관리하고 말의 무게를 조절했다. 그렇게 그는 자기 브랜드의 격을 만들었다. '멋있음' '도를 넘지 않음' '올바름'이 그의 파워이자 콘텐츠가 됐다. 그런 노력들은 실제로 수십 개의 트로피가 되었다. 그를 수식하는 가장 흔한 문장, '그럼에도 불구하고 초심을 잃지 않는다'는 말은 대중을 상대하는 사람이 들을 수 있는 최고의 상찬이다. 꾸준함과 성실함으로 부와 명예를 획득하고도 여전히 달리기를 하면서 이름표를 뜯고 머리로 박을 깨는 만인의 연예인. 힘을 과시하지 않고도 상대를 컨트롤하고 모두를 행복하게 만드는 사람. 그가 지킨 '초심'은 업계를 훌쩍 뛰어넘어 많은 사람에게 귀감이 되었고, 나 역시 언제나 유재석을 보면 언젠가부터 웃기기보단 호젓한 교회에 혼자 기도를 드리는 마음이 되곤 했다.

그가 진행한 프로그램이 시청률 면에서 모두 흥행한 것은 아니기에 〈나는 남자다〉는 그저 흥행 면에서 좀 부진했던 방송 정도로 여겨질지도 모르겠다. 그러나 나에게는 그 방송이 유재석에 대한 인식이 완전히 바뀐 계기가 되었다. 〈나는 남자다〉는 '기를 펴지 못하고 사는 남성들에게 발언권을 준다'는 취지로 유재석과 유재석이 재미있다고 생각하는 남성 연예인 패널(권오중, 장동민, 임원희 등)과 남성 방청객만을 모아놓은 오픈 토크쇼였다. 지금 와서 나름의 의의를 찾고 싶은데 아무리 머리를 굴리고 말을 골라도 딱히 뭐라 해야 할지 모르겠다. '매 맞는 남편', '아빠 힘내세요', '음메 기 살아' 같은 정서의 확장인데 아무튼 '남자들도 할 말은 하고 살자'

는 게 소재였다. 유재석은 그 방송에서도 탁월했다. 출연자들의 생각과 말을 끌어내며 자신의 중립적인 위치와 확고한 존재감을 드러냈다.

남자들끼리 모여 서로의 고충이나 사사로운 이야기를 듣는 것. 나쁠 건 없지만 전혀 새롭지 않은 것을 새롭다고 말하는 건 기만적이었다. 그런 감정을 느끼고 나니 '유느님' 혹은 '1인자'라는 포지션 자체가 남성 사회 안에서만 유효하단 생각이 들었다. 그가 움직이는 말의 성별은 대부분 남성이다. 10년 넘게 지속해온 〈무한도전〉이라는 남성 리얼리티는 거의 모든 남성 방송의 지침서였고, 그렇게 그는 숱한 남성 예능 아류작들 사이에서 '최고의 남성 예능'을 만든 신화적 인물이 되었다. 그런 그가 〈나는 남자다〉를 진행하며 이제껏 말하지 못한 남성들의 입장을 대변하겠다고 나섰을 때, 나는 그가 도대체 어떤 말을 하고 싶은 것인지 궁금했다. 그리고 진행카드를 든 그를 중심으로 세트에 가득 들어찬 남성들을 보면서 하느님이든 유느님이든 신은 왜 맨날 남자만 구원하나 싶은 생각이 들었다.

그의 행적을 따라 이런 의심과 원망을 했지만 유재석은 다른 사람들과 비교해 여전히 월등하게 좋은 진행자다. 과함도 넘침도 없고, 조금 재미없다는 소리를 들을지언정 어쨌든 모든 행동에 빈틈이 없다. 그가 출연한 프로그램 자체에 문제가 있었을지는 몰라도 그가 걸림돌이 되어 사람들에게 반감을 산 적은 단 한 번도 없었다. 그러나 그 자체가 바로 문제적인 방송들이 그를 앞세워 계속해서 만들어질 수 있는 이유이기도 하다. 〈무한도전〉 종영 후 본인에게도 부담이었을 '유느님'이라는 타이틀이 사용되는 빈도 역시 자연스럽게 줄었다.

나에게는 일종의 사건에 가까웠던 〈나는 남자다〉가 끝난 2015년부터 유재석은 조금씩 달라지고 있다. 지상파 방송의 MC만 한다는 불문율을 깨고 JTBC 〈슈가맨〉을 시작으로 〈범인은 바로 너!〉(넷플릭스), 〈요즘애들〉(JTBC), 〈유 퀴즈 온 더 블럭〉(tvN) 등을 진행하며 활동 영역을 확장하고, 기존에 자신이 하던 남성 독점 리얼 버라이어티에서 벗어나 새로운 포맷에 도전하고 있다.

이런 움직임이 어떤 효과를 만들고 있는지 아직은 알 수 없는 단계지만 긍정적이란 생각이 든다. 한때 신이었던 남자는 자신이 군림하던 판을 깨고 인간으로 적응할 수 있을까.

의기투합이란 말을 정말 좋아했다. 무언가를 위해 뜻과 기운이 만난다는 것. 재능 있는 사람과 추진력 있는 사람이 만나 새로운 걸 탄생시킨다는 건 신기하고 설렌다. 그리고 그건 내가 아닌 다른 사람들이 해내는 것이라고 느껴왔다. 회사에 들어가서 알았다. '의기투합'이란 단어가 왜 그렇게 남의 일 같았는지. 그 말의 성별은 대개 남성이었고, 권력자였으며, 왜인지 약간 느와르적인 것이었다. 뜻과 기운을 가진 두 사람의 무책임한 우애와 감동을 위해 가능한 한 많은 사람을 던지고 굴리겠다는 선전포고.

웃음과 감동은 상호보완적인 개념이고 두 가지가 근사하게 균형을 잡으면 성공은 보장된다. 성룡과 주성치의 영화나 스필버그와 톰 행크스의 영화가 주는 어떤 완결성은 '제값을 한다'는 느낌을 자아내고, 그들이 만든 기준은 90년대 한국 방송 콘텐츠의 척도이기도 했다.

이런 상황에서 코미디언 이경규는 이상하게도 텔레비전 쇼를 통해 휴머니즘 영화감독의 지위를 차지했고 흥행마저 성공시켰다. 〈몰래 카메라〉, 〈양심

냉장고〉, 〈이경규가 간다〉, 이경규 대표 3부작은 '재미와 감동을 선사합니다'라는 한국 예능에서 가장 중요한 구절을 충족한 역사적인 쇼였다. 치밀한 각본을 통해 누군가를 놀라게 만들고 그 감정을 감동으로 끌어냈다.

이경규는 감정적으로 고조된 사람 앞에 나타나 특유의 익살스런 표정을 지었고 그의 얼굴은 반전 영화의 해피엔딩처럼 사람들에게 각인되었다. 그가 진행하는 방송 소재들은 블록버스터 영화의 필수 흥행 요소인 경우가 많았다. 〈전파견문록〉, 〈붕어빵〉 같은 퀴즈쇼는 아이들의 천진함을, 〈아빠를 부탁해〉는 가족을, 〈절친노트〉는 성인과 성인 사이의 우정을 부각했고, 〈화성인 바이러스〉는 누구라도 관심을 가질 수밖에 없는 기행을 하는 일반인들을 끌어모았다. 대개 흥행을 했지만 이경규 본인이 빛을 발하는 장르는 따로 있었다.

이경규가 연출한 영화 〈복수혈전〉은 흥행과 비평 모든 면에서 완벽하게 참패했다. 80년대 홍콩 액션 영화들에서 영향 받은 것이 분명한 이 허접한 아류작의 실패는 코미디언 이경규의 인기에 도움이 되었다. 30년 경력의 코미디언답게 그의 어록은 무궁무진한데 그중 제일 유명한 것은 역시 이 말이다.

"개그맨은 나의 직업이고, 영화는 나의 꿈입니다. 사람이라면 누구나 저마다 꿈을 가지고 사는 것 아니겠습니까?" 영원히 이루고 싶은 꿈이 있다고 밝힌 중년 남성의 말은 많은 사람의 심금을 울렸다.

강호동–유재석 양강 체제가 굳어지던 시기, 이경규 역시 그들과의 힘겨루기에서 살아남기 위해 '남성 연대'를 구축했다. 학연, 지연, 갖은 연으로 형성된 '남성 카르텔'은 한국 사회 전반에 만연한 문제지만, 그것을 방송계만큼이나 본격적으로 드러내는 곳도 드물다. 〈이경규 김용만의 라인업〉. 제목부터 노골적인 이 프로그램은 예능 업계 남성 출연자들 사이에 묘하게 형성된 파벌과 디씨인사이드에서 가장 큰 파이를 차지하던 코미디갤러리(코갤)의 '막장성'을 무작정 결합했고, 같은 시간에 방송된 〈무한도전〉에 대항하기 위해 남성 커뮤니티 이용자들의 지지를 받고자 했다(실제로 아주 오랫동안 코갤의 자동 짤방은 '규라인'에 속한 남성 연예인들을 영화 〈저수지의 개들〉 포스터로 트레이싱한 그림이었다.) 김구라, 이윤석, 신정환, 김경민 등 이경규와 김용만이 발탁한 남성 코미디언들이 대거 등장해 상대편의 말과 행동을 시시각각 비난하고 평가하는 데서 재미를 찾았다.

〈라인업〉은 인기를 끌지 못하고 30회로 종영을 맞았지만 이후 이경규는 이 방송에서 얻은 '대부' 이미지를 발판으로 직접 〈남자의 자격〉을 기획했다. 30대에서 50대까지 다양한 연령대의 남성 출연자들이 101가지 일에 도전한다는 포맷이었다. 마라톤, 해병대, 강연, 합창단 등 간혹 몇몇 기획이 화제가 되기도 했지만 개인적으로는 2000년대 예능 중에서 가장 따분한 쇼였다. 중년 남성들의 친목 도모와 취미 계발, 잊고 살아온 꿈과 열정을 되찾는 경험 따위를 늘어져라 보여주는 프로그램이 10대 여성 시청자인 나에게 무슨 재미가 있었겠나. 주말에 아빠 동창회에 억지로 끌려 나간 기분이 매주 들었다. 자기들끼리 사석에서 했던 농담들이 방송으로 연장됐고, 썩 내키지 않는 표정으로 도무지 왜 하는지 알 수 없는 일들을 매주 매달 하면서 '도전하는 내가 아름답다'고 울기도 자주 울었다. 남자의 '자격'이란 건 대체 뭐였지. 그 방송 출연자들이 큰맘 먹고 울면서 하는 것 대부분이 그냥 남자들이 원래 하는 취미 활동에 가까웠는데. 내가 싸가지 없는 딸이라 이해를 못해서 그런가.

〈명랑히어로〉, 〈남자의 자격〉, 〈힐링 캠프〉 등 멘토이자 대부의 자격으로 출연한 프로그램들이 종영된 후, 이경규는 〈무한도전〉예능인 특집에 출연해 후배들을 향해 소리를 지르며 이제는 MC가 아닌 패널로 등장하겠다고 선언했다. 권위를 내려놓겠다는 '대부'의 파격 선언이었다. 그리고 이 행동들 역시 업계에서 오래 살아남은 1인자의 탁월한 전략으로 평가되었다. 일부는 사실이었다. 이경규는 정말로 〈마이 리틀 텔레비전〉에 게스트로 출연했고 각자의 콘텐츠로 주목을 끌려고 애쓰는 사람들 사이에서 자기 강아지들과 함께 누워서 방송을 하고 1위를 차지했다. '누워서 날로 먹어도 1위'라는 타이틀은 이경규이기에 가능한 것이었다. 10대, 20대들이 주로 참여하는 방송에서 인기를 다시 확인하면서 그가 추구하는 '예능영화세계'는 '뭐든 귀찮아하지만 개, 낚시, 부동산만큼은 좋아하는 우리 아빠'라는 극사실주의로 전환을 맞았다.

  〈마이 리틀 텔레비전〉에서 시도한 부동산, 재건축 포맷으로 그는 〈내 집이 나타났다〉라는 파일럿 프로그램에 참여했다. 권상우, 한지민 같은 톱 배우들의 기부와 대기업, 방송사의 시공 및 제작 협찬으로 노후한 집을 리모델링하는 프로그램이었다. 〈신동엽의 러브 하우스〉와 비슷한 기획이었는데 다른 점이 있다면 이경규가 직접 동네와 집터를 살피고, 전문가들의 조언이나 팁을 옆에서 듣고 적극적으로 의견을 개진한다는 점이었다. 〈러브 하우스〉가 집이 얼마나 낡았고 어느 부분을 수리해야 하며 이 집에 사는 이들의 사연에 집중했다면 〈내 집이 나타났다〉는 사연보다는 리모델링에 들어가는 비용이나 설계 방식 등에 더 집중했고, 뒷짐을 지고 사사건건 핀잔을 주는 이경규의 모습은 예능인이라기보단 개발업자에 더 가까워 보였다.

얼마 지나지 않아 그가 부동산에 관심이 많다는 사실은 〈한 끼 줍쇼〉를 통해 온 국민에게 공개된 것 같다. 한남동 고급 주택가를 방문한 이경규와 창신동 다세대 주택가를 방문한 이경규의 반응의 차이를 지켜보는 일이 그 방송의 진짜 묘미라는 후기들이 나왔다. 공익, 감동, 소통 그리고 소위 말하는 '남자의 가오'나 꿈 같은 것을 내세웠던 과거와 비교할 때 이경규의 요즘 관심사는 자기 욕망인 것 같다. 그리고 그것은 통하고 있다.

나는 이경규가 친한 사람들과 바다를 돌아다니며 낚시를 하는 방송(〈도시어부〉)이 잘될 거라는 생각을 단 한 번도 해본 적 없는데, 같은 세대 아저씨들의 호평을 받음과 동시에 점차 시청자 층을 넓혀가며 순항하고 있다고 한다. 나이 어린 패널들을 반

말조로 이끌며 진행하고 자신의 속도나 기분에 배반하는 요소들에 서슴없이 귀찮음을 드러내는 모습은 오랜 방송 경력에서 비롯한 재치이자 관록이 되고, 그의 짜증과 호통은 늘 그렇듯 일종의 카타르시스로 작용한다. 급기야 그는 〈더 꼰대 라이브〉라는 방송까지 만들었고 스스로 대놓고 꼰대로 칭하면서 무작정 어린 세대들과 소통하기 시작했다.

솔직함을 내세워 성공하는 방식을 아는 사람이란 생각이 들었다. 복잡하게 고려해야 할 것들이 많을 때 누군가 다 귀찮다며 판을 뒤집어엎으면 순간 후련함을 느끼기 마련인데, 그는 그 역할을 수위를 적절히 지켜가며 꾸준히 밀도 있게 해왔다. 많은 구설로 갑작스런 퇴출이 잦은 업계에서 이만큼이나 별 탈 없이 롱런하는 그의 생존 전략을 높이 평가하는 것은 당연한 일일지도 모르겠다.

그러나 '오래 살아남은 자가 강한 자'라는 메시지에는 함정이 많다. 그가 대부로 군림하는 이 세계를 들여다볼 때 꼭 그가 어떻게 살아남았는지를 누군가는 주시해야 할 필요가 있다. 그는 늘 자신이 친한 PD들을 거론하고, 업계에서 본인이 미치는 영향력을 은연중에 드러내며 시청자들로 하여금 본인의 권력을 가늠하게 한다. 그리고 자기 자신과 동료들을 평가하는 컨트롤러의 위치에 있다. 그는 그런 영리함으로 방송계에서 절대적인 가장의 위치를 가지게 되었다.

이경규는 내 일생을 지배한 한국 텔레비전의 얼굴이자 아버지다. 그래서 그의 얼굴을 보는 것이 우리 아빠의 얼굴을 보는 것처럼 종종 어렵고 힘들 때가 있다. 그는 나에게 유머를 잃지 않고 훌륭히 늙어가는 아버지일까. 아니면 그저 누군가의 지탄으로부터 무뎌지면서도 자기 권력을 잃지 않는 법, 꼰대로 불리더라도 점점 뻔뻔해지는 법으로 무장한 아버지일까.

싸우고 싶어

2016년 가을 tvN 개국 10주년 시상식에서 싸이가 객석에 내려가서 강호동이랑 같이 춤을 추는 장면이 나왔다. 그 찰나가 왠지 신기했다. 어떤 의미에서 싸이와 강호동은 같은 사람 아닐까? 〈천생연분〉부터 〈아는 형님〉까지 그들이 진행자와 게스트로 만나 빚어낸 비슷한 모양의 '열정'은 2000년대 한국 미디어를 상징하는 거대한 축이라고 봐도 무방할 것이다. 기합을 넣고 분위기를 휘어잡은 뒤 마지막 남은 힘까지 짜내서 그 공간을 불태우는 페스티벌 스타일의 연예인. 겨드랑이까지 땀으로 흥건해진 자신(왜인지 땀도 약간 한반도 모양으로 흘린다는 느낌)을 보여주며 '제가 이렇게 열심히 했습니다!' 하는 감동적인 결말까지 끌어내는 스포츠맨 스타일의 연예인.

나는 시청자 입장에서 무기력한 사람에게 힘을 뺏기는 것보단 이렇게 광기에 가까운 에너지라도 받는 쪽이 차라리 낫다고 생각하는 입장이고 (강호동 스스로는 '열정'이라고 말하는) 그런 기합을 나쁘게 말하고 싶은 생각이 없다. 어찌 됐든 누군가의 땀과

노력으로 만들어진 것을 보는 건 재미있고 감동적이
며 그런 측면에서 스포츠 경기와 예능은 비슷한 가
치를 창출하기 때문이다.

　　강호동은 늘 자신의 '체육인' 정체성을 어필해
왔고, 두 가지 커리어(천하장사와 국민 MC)를 연결
시키기 위해 부단히 노력해온 사람이다. 체력이 필
요한 쇼에서는 악착같은 승부 근성을 드러내고 '프
로는 지치지 않아야 한다'는 지구력을 동료들에게
강요한다. 자신의 쇼에 운동선수가 출연하면 그들이
추구하는 숭고한 가치와 스포츠 정신에 대해 반드시
짚어주었고, 그렇게 끝없이 추구해온 체육인 정신은
결국 〈우리 동네 예체능〉으로 보상받았다. 이 방송은
어린 시절부터 훈련을 받은 엘리트 체육인 강호동이
그런 풍토의 부작용을 개선하기 위해 생활체육을 보
급한다는 장편 다큐멘터리 같았다.

　　방송인 강호동의 강점이라고 할 수 있는 체력
과 지구력은 체력전이 테마가 아닌 토크 형태의 예
능에서도 강하게 발휘된다. 사람의 말을 들어주는
일에는 얼마나 큰 에너지가 필요한가. 강호동은 지
치지도 않고 리액션을 하고, 자기가 읽은 책의 명언
들로 화답한다. 내가 시청자가 아니라 출연자였다면
저 사람을 좋아했을 거라 확신할 수 있었다. 그러니

까 나는 어느 시점까지 그가 정말로 좋은 진행자라고 생각했다. 1박빠와 무도빠가 싸울 때 〈1박 2일〉은 보지도 않으면서 강호동 편을 들고 싶어서 1박빠가 됐을 만큼. 강호동 팬클럽 이름이 '낙랑공주'란 것에 하루 종일 웃을 수 있을 만큼.

탈세 혐의로 잠정 은퇴를 선언한 것이 강호동 커리어의 분기점이라고 봤을 때 〈아는 형님〉과 〈신서유기〉로 대표되는 강호동 2기는 좀 세게 말해 극혐이다. 물론 전에도 강호동의 단점이라고 지적되는 요소는 많았다. 〈야심만만〉, 〈강심장〉, 〈무릎팍 도사〉 등을 통해서 이상할 만큼 명언에 집착해 그걸 수집하고 재생산하는 건 내가 싫어한 그의 장기 중 하나다(아무리 생각해도 명언의 발화자들이 제일 먼저 강호동을 때리고 싶어 할 것이라고 생각했다.) 또 감동을 극도로 추구하다 보니 비닐하우스에서 뜬금없이 수박을 먹으며 울거나 〈스타킹〉의 영재들을 향한 서커스 수준의 찬사를 쏟아낸 것도 조롱을 사는 주 레퍼토리였다. 그래도 다 촌스러워서 욕한 거지 사람이 싫어서 욕한 적은 없는 것 같다.

내가 가장 인상 깊게 싫었던 것은 언젠가 김제동이 말한 강호동의 일화였다. 같이 차를 타고 한강을 건너다가 '마 제동아! 경상도 촌놈 둘이서 서울

한번 접수해보자!' 했다는 일화. 나는 경상도 남자들의 서울에 대한 원인 모를 분노와 기세가 오싹할 정도로 꺼림칙했다. 보통 그런 의기투합은 필연적으로 남성 의리물로 이어지기 때문에.

〈친구〉부터 〈범죄와의 전쟁〉까지 한국 깡패 영화들은 결말을 중심으로 보면 깡패들이 입으로만 하는 맹세와 의리가 얼마나 하찮은지, 깡패 세계에서 배신은 또 얼마나 쉬운지, 또 나쁜 놈은 어떻게 응징되는지를 말한다. 그러나 영화는 그 결말에 도달하기 위해 수천 번 깡패들을 미화한다. 끝내 지켜지지 않을 깡패들의 의리를 보여주려고 온갖 멋있는 장치를 설계하고, 결말에서 응징할 나쁜 놈들의 악행을 그려내는 데 러닝타임의 절반을 쓴다. 이런 컴퓨터오락 같은 구성 때문에 영화를 다 보고 나면 나쁜 놈이 어떤 최후를 맞았는지보다는 나쁜 놈이 했던 대사와 액션만 남는다.

〈아는 형님〉에서 김희철은 자주 "마, 내가 느그 서장이랑 임마! 밥도 먹고! 임마!"라는 〈범죄와의 전쟁〉 속 최민식의 대사를 해댄다. 죄를 추궁당하는 것이 두려워서 깽판을 치며 '내 뒤에 누가 있는지 아느냐'고 소리를 지르고 뺨을 때리는 아저씨 특유의 우격다짐. 어떤 맥락에 맞아서가 아니라 그냥 영화를

'패러디'하는 것 자체에서 웃음을 유발하려고 할 때 내뱉는 말 대부분이 그런 악역들의 대사다(지금 새삼 억울한 것은 내가 이렇게 글로 써서 재미없다고 생각할 사람이 있을 것 같아서다. 예능에서 자주 등장하는 '명대사 지르기' 스킬은 실제 화면으로 보는 게 훨씬 재미없다. 뭔가를 패러디해서 얻는 반사적인 재미보다 패러디를 했다는 것 자체에 쾌감이 있는 것 같아서다.)

　"니가 가라 하와이." "살아 있네." "느그 아부지 뭐 하시노." "모히또에서 몰디브 한잔." 이런 대사들도 '남자들만 이해할 수 있는 감성' 따위로 유쾌하고 멋지게 응용되지만, 실상 그 말을 한 영화 속 캐릭터를 생각하면 나쁜 놈이지만 어쩐지 멋있는 놈도 아니고 세상 비열한 범죄자다. 물론 많은 작품에서 악당의 대사가 더 멋지긴 하다. 그러나 한국에서 반복적으로 유행하는 저 말들은 성격이 다르다. 악이나 정의의 본질을 생각해보게 된다거나 하는 교훈으로 작용하는 것이 아니라, 극 바깥으로 빠져나와 실제 깡패들과 '깡패 워너비'들의 지침이 되고, 이미 특정 부류에게는 시대정신이라 여겨지는 '양아치 근성'에 힘을 실어준다. 〈부당거래〉의 류승범이 했던 대사 '호의가 계속되면 권리인 줄 안다', 〈베테랑〉의 유아인이 했던 대사 '어이가 없네' 같은 말들이 일명 '깡패 유튜버'들 사이에서 유행하는 것도 같은 맥락이다. 영화의 전체 문맥에서 이탈해 '가오'라는 껍데기만 남은 대사들이 다시 새로운 가치로 해석되는 것은 처음에야 좀 재밌을지 몰라도 반복되면 정말 괴롭다.

나는 강호동이 꾸려가고 있는 '행님 예능'이 이러한 현상과 닮아 있다고 생각하고, 그들이 그것을 한국 남성들의 보편적인 정서라고 여기는 모습을 볼 때마다 이 문제를 논의할 수 있는 시점 자체가 이미 끝나버렸다는 생각마저 든다. 이 방송이 표방하는 것은 뚜렷하다. 론칭과 동시에 남초 커뮤니티의 지지를 받으려 디씨인사이드에서 공식 설문을 했던 예능이다. 이미 남성으로만 이루어진 시대착오적인 MC 구성은 물론이고 불필요한 사생활을 소재로 삼는 행태, 여성 게스트에 대한 무례한 언행, 여기에 수도 없이 비판이 가해졌지만 묵묵부답이다.

강호동의 장점이었던 열정과 매너는 그저 〈아는 형님〉에서 놀림당하는 자질로 전락하고 그것을 유희라고 우기며 '이래도 안 웃어? 이래도 안 웃냐?' 협박하는 모양새다. 급기야 그는 부정적인 시선의 시청자들과 기싸움이라도 하듯 방송에서 '동생들'에게 "출연자인 우리는 부담 가질 필요 없이 그냥 하면 돼. 모든 책임은 제작진들이 지는 거야"라는 말을 하고야 만다.

그는 '국민 여러분', '시청자 여러분'이라는 말을 자주 한다. 그 뒤에 어떤 말이 오든 그의 호소는 많은 국민이 사랑하는 것이었다. 그러나 본격적으로 남자 의형제를 만들고 결국 그 형제들 안에서만 움직일 수 있는 사람이 목이 찢어져라 국민과 시청자를 외친들, 그 국민이란 과연 누구이며, 나 같은 여성에겐 그 말이 어떤 효용이 있는 것일까(심지어 그 의형제 중에는 참 문제가 많은 사람도 포함된다. 이름을 말하지 않아도 모두가 잘 아는, 유명 프로듀서가 기회를 주고 싶다며 논란을 무릅쓰고 재기용한 한국 예능 불세출의 인재.)

강호동은 천하장사 출신으로 무지막지한 힘을 가졌음에도 그 특질을 귀여움과 열정으로 바꿔 '국민의 아이돌'이 되었다. 그런 그가 자기 주변 남성들과 결탁해 세력의 몸집을 키우고는 노골적으로 그들에게 기회를 주고 "싸우고 시펑! 피나고 시펑!"이란 말을 유행시켰을 때, 그건 더 이상 웃을 수 있는 것이 아니었다. 한때는 흥행했으나 지금 보면 경악스러운 조폭 코미디 같은 것이다. 지금 그 영화들을 다시 봐도 여전히 그저 재밌기만 하다는 사람들이 있을 것이다. 그리고 그런 이들이 있다는 사실이 그를 여전히 그 모습으로 존재하게 만든다. 내가 좋아했던 강호동의 모습을 다시 볼 수 있는 판이 필요한데, 그는 그 판을 직접 짤 수 있을까, 혹은 그곳을 향해 움직일 수 있을까.

경상도포비아

문근영의 대학교 특례입학이 논란이 되었을 때 그가 '광주 출신'이라는 이유로 박해하는 온라인 여론이 있었다. '광주 출신 딴따라 계집이 감히 성균관에 가다니'로 요약되는 지역혐오와 여성혐오의 환상적인 콤비네이션. 지금 와서 보면 이것이 본격적인 '일베' 시대의 징후였던 것 같다.

영화 〈비밀은 없다〉에서 손예진은 경상도 지역 국회의원 후보(김주혁)의 전라도 출신 아내로 등장한다. 정치인인 남편의 약점인 탓에 선거 캠프 참모들은 손예진을 노골적으로 멸시하고, 손예진은 그들을 한심하게 쳐다보다 다시 하던 일을 한다. 나는 손예진이 실제로는 대구 출신이라는 사실 때문에 이 장면이 더 재미있었다. 전라도 여성이 이중으로 겪는 차별에 비할 바는 아니겠지만 경상도 남성의 패권적 위악은 경상도 내부 여성들에게 살에 닿는 지옥이기 때문이다.

경상도 남성들이 정치 패권을 장악한들 여성들이 성취하는 것은 없다. 오히려 그들의 직접적인 통제를 받는 굴레가 된다. 경상도 여성들은 어릴 때부터 경상도 남성에게서 벗어나는 방법 하나 정도는 터득해두는데 그것이 가장 큰 성취라면 성취일 수 있겠다. 나는 할아버지, 아버지, 선생님을 비롯한 경상도 남자들의 말을 들을 때마다 가상의 이어폰을 꺼내 귀에 꽂는 것을 선택했다. 항상 의문이었다. 대체 왜 이 남자들은 뉴스 하나를 보면서도 온갖 훈수를 두고 큰 그림을 그려대는 것일까? 텔레비전 앞에서 말한다고 그게 들리나? 그렇게 말하면 그걸 들어야 하는 건 같이 텔레비전 보는 마누라랑 딸뿐인데? 그래서 온통 경상도 사투리 천지인 정치 팟캐스트가 유행일 땐 애플이나 팟빵에 진정서를 내고 싶었다.

　이 이상한 현상에서 경상도 남자들에겐 옵션이 더 붙는다. 개개인이 제5공화국의 권력자라 생각하는 일종의 역할극이다. 이걸 듣고 웃지 않는 사람은 당사자뿐일 것이다. 70년대 산업화의 혜택을 가장 많이 받은 지역에 살고 군사정권의 눈부신 경제성장을 찬양하면서도, 왜인지 그들의 정신만큼은 중세에 머물러 있다. 그리고 그 속에서 그들은 약간 계급이 높고 충심 가득한 신하다. 그러나 5백 년 조선 역사를 속성으로 배운 탓인지 어느 조선인지 가늠하기 어렵다는 것이 가장 큰 웃음 포인트다. 일단 그들은 역할극 안에서 백성, 천민, 노비가 절대 아니다. 나는 다른 지역 출신인 진보 성향 남성들이 스스로를 노동자 계급으로 쉽게 정체화하는 게 신기했다. 상놈, 천민이란 말을 듣는 것을 가장 큰 치욕으로 여긴 경상도 남자들을 많이 보고 자라서. 영화 〈범죄와의 전쟁〉에서 최민식은 형편이 어렵게 살아도 '경주 최씨' 문중이라는 것 하나로 어디서건 '내가 임마!' 하고 거들먹대고 '대부님' 소리까지 듣는다. 그들은 자신이 어떤 환경에서 어떤 형태로 살아가는지는 안중에 없고 관심은 오로지 조상이 물려준 혈통뿐인 사람들이란 생각을 할 수밖에 없다.

　　박근혜 대통령 탄핵 이후 일 때문에 주말마다 태극기 부대 할아버지들과 동행한 적이 있다. 주로 경상도 출신인 그들 또한 원래는 영의정 정도의 고위 관료였으나 책이나 드라마에서 본 뭔가 강력한 궁중 비화 같은 문제로 산속에서 두문불출하다가 나라가 걱정되어 통곡하러 나온 유생으로 스스로를 정체화하는 듯했다. 그러나 어느 때의 유생인지는 중요하지 않은 건지 성군 박정희를 찬양할 때는 사육신, 아둔한 임금을 위해 참언할 때는 율곡 이이, 사실은 이런 집회보다는 낭만을 더 중요시한다는 걸 어필할 때는 정철, 재벌 탄압과 규제 완화 등을 이야기할 때는 정약용, 북한을 때려죽이자고 할 때는 대

원군, 미국 국기를 흔들고 대통령의 일본 외교를 지적할 때는 이완용인 어마어마한 조선 남자 위인 리믹스였다. 많이 웃었지만, 그만큼 울고 싶었다. 그들의 화법과 에너지에 익숙한 내가 싫었다.

사실 이 글은 김제동보단 한국 방송 속 경상도 남성에 대한 이야기를 하고 싶어 무작정 늘어놓았다. 김제동은 내가 싫어하는 경상도 남성에 속하면서도 내가 싫어하는 경상도 남성들이 싫어하는 방송인이기도 하다. 그래서 그에 대한 이야기보단 우선이 주제를 좀 더 풀어가는 것이 좋겠다.

텔레비전에 출연한 김제동과 유시민을 경상도 남성과 함께 보는 일은 정말 재미있다. 놀이기구 타는 것 같다. 우선 김제동과 유시민에 대한 그들의 적대감은 상상을 초월한다. 저 두 사람은 대개 '정치적 반역자'다. '우리가 남이가'가 전제인 이 사극 사회에서 역적 소리 들으면 끝인 거다. 나는 그를 딱히 좋아하지도 않으면서 늘 경상도 남성들의 비난에서 방어해주느라 힘들었고 그 점이 몹시 못마땅했다.

나는 사실 김제동이 하는 정치 화법이 기존 정치 팟캐스트들과 전혀 다를 게 없다고 생각한다(그는 실제로 정치 팟캐스트를 진행하기도 했다.) 경상도 출신이지만 진보적인 스탠스를 가진 방송인. 그렇게 드물게 경상도 출신 남성이면서 묘하게 약자성을 획득한 사람. 옹호를 하다가도 그의 말을 듣고 있으면 '완고한 할아버지와 철없이 사회운동 하는 막내 삼촌'처럼 있지도 않은 회상 장면들에 눌려 물에 가라앉는 기분이 들었다.

친구는 김제동을 보고 "저 사람은 종교인 아닐까?"라고 했다. 흔치 않은 '비혼남'에다가 강연 다니면서 희생과 헌신적인 사랑을 설파하며 자기 안의 우주를 찾으란 식으로 말을 하는 게 꼭 수행자 같다고 했다. 그러게 친구야. 왜 그렇게 됐을까. 김제동은 나 어렸을 때 〈야심만만〉에서 주로 연애 철학을 이야기하던 사람이었는데. 아무튼 그는 본격적으로 카운슬링의 주제를 넓혀갔다. 나는 좋든 싫든 〈힐링캠프〉와 〈토크콘서트〉에서 끊임없이 그가 해주는 인생 조언을 들어야 했다. 서울이란 타지에서 20대를 끙끙대며 살다 보니 정말로 힘든 때가 많았기에 김제동이나 법륜 스님이 해주는 카운슬링에 진정으로 감화되고 싶었다.

그런데 왜 나는 이입이 되지 않는 걸까? 저 사람들이 경상도 사투리를 쓰기 때문일까? 경상도 출신 남성들이 토론회에 나와서 상대를 휘두르듯 내뱉는 사투리를 권력 과시용 무기처럼 느끼지 않으려면 어떻게 해야 할까? 경상도 출신 래퍼들이 저질스러운 가사를 일부러 진한 사투리로 내뱉을 때마다 엑스트라 구토 봉투를 찾지 않으려면 어떻게 해야 할까? 내가 경상도 출신 여자가 아니었다면 가능할까?

정말 별 생각이 다 들었다. '맨스플레인'을 타도하고 있지만 주변 남성들에게서 꽤 유용한 정보를 얻기도 하는 경험상, 그렇게 무작정 덮어놓고 '넌 남자니까 네가 하는 말 다 틀렸다'고 하고 싶은 것도 아닌데 왜인지 경상도 사투리로 내놓는 고민의 대답들은 늘 너무 억세고 갑갑하기만 한 것이었다. 그래 나의 문제겠지. 나만 문제겠지. 나만의 배경적 문제.

모든 문제를 인도적인 차원에서 바라보고 풍자하며 극복 방법을 제시하는 김제동의 토크 방식은 자기 필드인 중앙 정치 이슈에서 특히 빛을 발한다. 실제로 그는 국가 차원의 압력을 받아 활동에 제한도 당했지만 그에 굴하지 않고 성실히 현장에 참여하고 정당 활동을 했고, 그만큼 많은 인사들과 교류하고 오랜 기간 갈고닦은 독서 능력으로 누군가를 격려할 수 있는 조언자의 위치를 획득했다. 이외수와 혜민스님처럼.

그래도 가끔은 좀 갸우뚱할 때가 있다. 이를테면 남성과 여성 사이의 문제를 얘기할 때 '남자들은 그냥 여자들이 하자는 대로 하세요' '여성은 우월한 종족입니다' 같은 말을 해버린다거나, 청춘들에게 '지식이 아니라 지혜를 쌓아라' 같은 추상적 조언을 폭격처럼 내뱉을 때가 그렇다. 약간은 조심스러운 개인 차원의 이야기도 강연이라는 구도를 이용해 가장 보편적인 결론을 내리는 것을 보면 자기 말에 저 정도로 확신이 있어야 말로 먹고살 수 있겠구나 하는 감탄도 든다.

예능인이니까 저거 다 웃자고 하는 소린가 싶다가도 진지하게 웅변하듯 말하는 얼굴을 보면 종교 행사에 동원된 듯한 기분이 들면서 경상도 남성들의 기질적 문제라 생각하는 '정치적 자기과시' 같은 단어들이 계속 머리에 맴돈다. 이 역시 어쩔 수 없는 나의 문제 같다. 이 주제에 대해서 더 이상 말하면 나에게 내재된 트라우마만 전시하는 꼴이 될 것이다 (이미 많이 전시했지만.)

그는 잡담가이자 대중강연자이자 방송인이자 프로 카운슬러로 결국 이 모든 것을 아우를 수 있는 시사평론의 필드에 입성했다. 밤 열한 시 KBS 뉴스 쇼 〈오늘밤 김제동〉은 방송계 남자들이 가진 다양한 스피커 중에서 가장 힘 있고 성능 좋은 스피커 중 하나처럼 보인다. 그는 어쨌든 다시 한 번 '말'로써 세상에 보탬이 되려 한다. 그의 역량과 사상의 쓰임새가 필요한 곳이 존재하는 것도 같다.

그러나 그것이 나의 세상에 필요한 것은 아니라는 건 분명하다. 나는 우선 경상도 말투를 쓰는 남성이라는 한국 방송의 스탠다드형보다는 나와 좀 더 닿아 있고 닮아 있는, 세상엔 몇 없는 스피커가 필요하니까. 그래, 이것도 아마 내 배경과 관련한 아주 개인적인 이유일 것이다.

안 본 눈 삽니다

초등학교 때 친했던 친구네 엄마가 두 동짜리 작은 아파트 상가에서 방앗간을 했다. 깨도 빻고, 콩도 볶고, 쌀도 튀기고, 참기름도 짜고. 아파트에는 누가 봐도 안전검사 같은 건 받지도 않았을 경사 높은 위험한 시소가 있었고 우리는 그걸 바이킹이라고 불렀다. 별 스릴도 없는데 괜히 소리를 질러가면서 바이킹을 타고 나서 다 같이 방앗간에 들러 아줌마가 주는 정체 모를 곡물과자를 먹으며 집으로 갔다. 그래서 '빻다'라는 말은 내 안에서 나름 낭만적인 개념이었다.

그리고 과격한 표현에도 나름 면역이 있다고 생각했다. '오다 주웠다', '내 아(이)를 낳아도' 같은 말을 고백이랍시고 하고 그걸 또 자랑스럽다고 유머 따위로 만들어서 전국 팔도 천지 사방에 낄낄거리고 다니는 남자들이랑 같이 살면 그런 게 생긴다. 두통이 오면 '대가리 빠개질 것 같다'고 말했고 대개는 '빠개질 때까지 뭐했노. 빨리 양호실 뛰 가라'는 반응이 왔다. 서로를 걱정하는 여중생 사이의 보드라운 대화 패턴이었다. 그 밖에도 청소년 때부터 폭력

영화에 심각할 정도로 노출되어 있었으며 그리 귀하게 보호받는 환경에서 살아오진 못한 탓에 어지간한 욕은 욕으로도 안 들렸다.

　　그래서인지 '와꾸가 빻았다'는 말을 처음 들었을 때 역겨운 감정이 들어 이상했다. 분명히 더 상스러운 욕도 많이 들었는데 저 말이 주는 직관적인 불쾌감은 처음 느끼는 것이었다. 어릴 적 친구네 방앗간에서 깨를 어떻게 빻는지 자세히 보았기 때문이라고 믿고 싶다. 얼굴을 절구로 빻는다니? 절구로는 깨를 빻아야 되는데… 얼굴을 빻으면 안 되는데…. 진짜 여자 얼굴을 망치로 빻고 염산을 붓는 뉴스가 나오니까 소름이 4D였다.

　　나는 남자들이 자기들끼리만 아는(안다고 믿는) 은어의 뜻을 하나씩 알아갈 때마다 어쩜 그렇게도 모든 단어의 뜻이 다 여자를 비하하고 집착하는 데 공을 쏟을 수 있는지 그 편파성이 우스웠다. 그러나 그 부류 남성 언어의 사전이자 컬처의 선구자인 〈김구라, 노숙자, 황봉알의 시사대담〉이 2010년대 후반부터 일정 부류 남성들에게 '재평가'를 받고 '레전드'라고 찬양을 받고 있단 사실은 조금 섬뜩했다.

　　어떤 사람에 대해 생각할 때 그 사람의 삶과 업적을 최대한 분리하려고 노력한다. 하지만 종종 어떤 부류의 사람들은 그의 업적을 통해 삶과 전생까지 매도하고 싶단 생각이 들기도 한다. '망언'을 통해 유명세를 얻게 된 많은 남자 연예인의 말들을 다시 꺼내고 싶지 않다. 어쩌면 이 기록에서 그들의 말을 복기하는 것이 그들의 만행을 되새기고 다시 한번 타도하는 의미 있는 일이 될지도 모르지만, 이미 과거 행적이 다 밝혀지고도 한국에서 가장 바쁜 예능인들이 된 모습을 봤을 때 그들이 내뱉은 생각 없는 말들은 '발칙하고' '대담한' 발언으로 해석되어 도리어 자신들의 유명세에 도움이 된 것이 자명하기에 굳이 다시 상기할 필요가 없을 것 같다.

과거 라디오 방송에서 위안부 피해자를 두고 했던 발언이 다시 조명되자 그는 부랴부랴 모든 활동을 중단했다. 나는 이것이 김구라 커리어의 끝일 거라고 믿어 의심치 않았다. 그러나 복귀는 생각보다 빨랐다. 그는 결국 본인 커리어의 정신적 기지로 여겨지는 〈라디오스타〉에서 위안부 할머니들에 대한 사죄와 후원이 '처음에는 보여주기 식 활동이었다'는 소리까지 해내고야 만다(맥락을 떼어놓고 보든, 붙여놓고 보든 왜 저런 말을 하는지 알 수가 없었다.) 타격은 없는 것과 마찬가지였다. 오히려 그런 저속함이 강점이 됐다. 그것을 무기 삼아 여러 방송에서 중요한 역할을 하다 보니 그의 에너지에 기대어 돌아간 방송은 한두 개가 아니었고, 그의 복귀를 모든 방송계가 고대하는 것 같았다.

사건 이후 그가 나눔의 집에 정기적으로 방문하고 후원을 하고 있다는 후일담을 듣는다. 사과와 반성의 의지가 없는 사람보단 낫다는 후한 평가가 포상처럼 내려진다. 사람은 때로 실수를 하고 그것을 반성하고 고치며 살아간다지만 나는 이 일사천리 같은 과정 자체에 큰 무력감을 느꼈다. 관용에 대한 원망도 컸고, '너무나 뛰어난 재능'을 조건 삼아 그의 치명적인 잘못을 덮고 쉽게 면죄부를 허락하는 이 허술함이 슬펐다. 굳이 여성 연예인의 과오에 대한 여론, 태도와 비교하지 않아도 될 정도로 모든 것이 쉽고 빠르게 용인되는 것도 마찬가지다.

유명인이 과오를 저질렀을 때 어떤 식으로 다루어야 한다는 매뉴얼이 따로 존재하지도 않고, 존재할 수도 없다. 그러나 나를 포함한 많은 여성이 분명하게 느끼는 건 남성 연예인들에 대한 업계의 한없는 자비로움이다. 용서의 주체는 대체 누구인가. '사과했으니까, 밥 벌어 먹고 살게 해줘'라는 식의 등장은 황당하고 폭력적으로 느껴지기까지 한다. 이런 정서는 스크린과 텔레비전을 넘어 유튜브까지,

나를 둘러싼 모든 미디어에 넘쳐난다.

'형님' '아우' 하며 추접스런 농담을 더럽게 낄낄거리고, 누군가가 지적하면 그것에 대해 윽박지르듯 덮어버리는 것을 본다. 그러면서 이 지옥을 시작한 사람이 누구일까, 그는 어떤 책임을 지고 있는 것일까에 대해서도 생각한다.

천재

　　신동엽은 '솔직한' 사람이라는 이미지가 있었다. 비슷한 시기에 함께 경력을 쌓은 박진영과 여러모로 비슷하다고 생각했다. 엄숙주의 타파 같은 것이 (남자들에게만) 각광을 받은 시절에 그들은 가장 '발칙하게' 말하는 20대였다. 그들이 활약할 때 초등학생이었던 내가 '변태!!'로 분류할 만큼 그들은 당시 풍속에서는 튀는 유별난 사람이었다. 그땐 약간 야한 농담만 해도 '우와 신세대다' 이런 이야기를 들었을 때니까. 그래서인지 내가 아주 어릴 때부터 신동엽의 익살과 재치 같은 것들은 방송에서 천재적인 것처럼 묘사됐었다. 예를 들면 교수님이 커피 좀 사오라고 심부름 시키니까 다방 여종업원 티켓을 끊어서 불렀다는 일화 같은 것. 티켓 다방 여성을 도구삼아 학생에게 커피 심부름 시킨 교수한테 한 방 먹인 통쾌함이 즐거운 이야기였던 그런 시대의 천재.

　　한 사람이 동시에 많은 프로그램을 하는 것이 권력의 상징인 아주 특이한 구조의 한국 예능에서 신동엽의 얼굴은 정말 다양했다. 〈헤이헤이헤이〉에서 할머니 분장을 하고 야한 콩트를 하는 것도, 〈동물농장〉에서 구조된 강아지를 진심으로 가여워하는 것도, 〈러브하우스〉에서 노후한 집을 리모델링해주는 것도 다 신동엽의 몫이었다. 그는 늘 젠틀한 태도로 바닥을 보여주지 않으면서도 재치로 상황을 부드럽게 만들 줄 아는 변태였다. 그리고 아무도 생각지 못한 허를 찌르기도 하고 누구나 할 수 없는 과감한 말을 던지는 천재였다. 그 수많은 얼굴을 단 하나의 누락도 없이 모든 사람에게 친숙하게 만들었다는 점에서 특히 그렇다.

〈헤이헤이헤이〉는 〈마녀사냥〉과 〈SNL〉로, 〈러브하우스〉는 〈불후의 명곡〉이나 〈인생술집〉으로 제목과 포맷과 동료들의 얼굴만 바뀌었을 뿐, 그는 20년이 지난 지금도 같은 모습으로 이곳에 있다. 중간중간 사적인 이유로 일을 중단하기도 했지만(그게 어떤 사회적 제약 때문이 아님에도 고난 극복의 서사로 가산된다는 것은 매우 이상한 일이다) 그는 여전히 똑같은 모습이다. 달라진 게 있다면 '섹드립'을 하다가 "동물농장 아저씨예요" 하면서 자기 커리어를 이용하는 스킬 같은 게 생긴 정도다.

하지만 싫은 얼굴도 있다. 단도직입적으로 말하면 나는 그의 많은 얼굴 중에서 〈마녀사냥〉과 〈인생술집〉에서의 모습이 싫다. 〈불후의 명곡〉, 〈안녕하세요)에서 진행의 주도권을 쥐고 예상하지 못한 순간에 좌중을 모두 쓰러트리는 멘트를 할 때, 그런 활약을 보일 때의 신동엽은 좋다. 그러니까 자신을 최대한 드러내지 않을 때가 좋다는 이야기가 되겠다.

처음부터 신동엽이 구사하는 성인 유머나 그것을 기반으로 한 쇼에 크게 반감이 있진 않았다. 무엇보다 그는 어떤 주제를 말하든 태도가 나이스한 사람이었다. 출연자의 다양성이 절실했던 한국 예능에 홍석천이나 트랜스젠더를 출연시켜 다양한 시도를 해보려고 노력했던 것도 같다. 지금도 금기나 다름없는 동성애, 성적취향 등을 소재로 농담을 방송에서 적절하게 소화하는 건 신동엽이 유일하다고 봐야 한다. 그래서인지 〈마녀사냥〉에서 그는 정말 날아다녔다. 이 얘기를 하고 싶어서 미쳐버릴 것 같다가 물을 만난 사람처럼 보였다. 그 방송은 주로 젊은 남자들이 재미있어한 것 같다. 홍대에 생긴 남자들만 엄청 많은 부킹 포차 이름이 〈마녀사냥〉 속 코너였던 '그린라이트'가 된 것을 보면.

〈마녀사냥〉은 남성 MC 네 명이 진행한 성인 토크쇼였다. 사회가 덮어놓고 쉬쉬하는 성인들의 이야기를 수면 위로 끌어올리는 것은 신동엽이 잘하는 일이다. 실제로 〈마녀사냥〉은 썩 괜찮은 성인 타깃의 프로그램이었다. 너절한 남성 유머 일색이 아니라 적당히 정제되고 무게감 있는 톤으로 새로운 성인 토크쇼 역할을 했고 시즌2까지 제작되어 호평을 받았다. 그러나 결과적으로 이야기의 주도권은 남성 MC들 차지였고 어떤 쟁점에 대해서는 남성들의 입장을 항변하기 일쑤였다는 한계가 있었다.

〈몽정기〉는 남학생들의 첫 몽정을 다룬 섹스 코미디 영화다. 한국 예능에서 '성'을 다루는 방식은 대부분 〈몽정기〉를 보면서 킬킬대던 10대 남학생들의 모습과 비슷하다. 1시간 30분 동안 주제를 던져 놓고 판을 깔아줘도 아무도 솔직하고 건강하게 말을 꺼내지 않는다. '야동을 봤다', '자위를 했다'는 은유만 불쾌하게 풍긴다. 여성 게스트가 자신에게 돌아올 네티즌의 온갖 조롱을 감수하고 용기 있게 뭔가 말을 하기 시작하면 '우와 화끈한 여성' 하면서 김빠지는 리액션을 하는 것도 그렇다. 마치 억압된 것을 계속 억압하길 원하는 사람들 같다. 3분짜리 저스틴 비버 노래 가사가 이것보단 더 직설적일 거다.

환경이 달라졌다. '성인물'이라는 단어가 그저 외설적인 무언가를 뜻하는 것에서 알 수 있듯이 성을 소재로 한 예능은 아예 성교육 비디오가 되거나 가망 없는 음담패설이 되는 두 가지 방법 외에는 존재하지 않았다. 기성 남성 방송인들이 '성에 대한 본격적인 토크'를 표방해도 지금 같은 환경에선 여성의 신체를 대상으로 야릇한 분위기를 자아내는 것 말고는 아무 기능도 하지 못한다.

불법 촬영물 유포와 소비 행태가 기상예보처럼 매일 매 시각 고발되고, 권력형 성범죄와 그에 대한 수사의 미진함이 지탄을 받는다. 지금까지는 중년 남성들의 섹스 토크 같은 것들이 '위트' 정도로 받아들여질 수 있었겠지만 이제는 아니다. '무서워서 뭔 말을 못하겠다' 하면서도 결국 말을 해온 사람들은 정말 이제 닥쳐야 할 때가 왔다.

미디어는 섹스를 방송의 수단 중 하나로만 삼았고 그런 태도를 방치했다. 이제 그렇게 조장된 사건에 책임지지 않으려 했던 과거를 인식했고, 반성의 국면으로 접어들었다. 누군가에게 기대지 않고, 진짜 이야기해야 할 것을 말하고, 하면 안 될 것에는 분명한 신호를 보내는 자리가 필요하다. 진짜 천재라면, 그런 자리를 마련하고 보전해야 하는 것 같다.

프로듀서

2013년부터 2018년까지 나영석이 tvN에서 만든 프로그램 목록을 나열해놓고 보면 이게 가능한가 하는 생각과 함께 직업을 떠나 한 인간에 대한 존경심, 이걸 정말 가능하게 만든 업계에 대한 궁금증이 생긴다. 실속 없이 개수만 많은 것도 아니다. 모든 프로그램이 뜨거운 화제였고 높은 시청률을 기록했다. 대단한 일이다. 더 놀라운 것은 그가 연출하는 프로그램의 장르가 점점 다양해지고 있다는 점이다. 나영석의 출세작이자 국민 예능이라 불린 〈1박 2일〉은 출연자들에게 꽹과리를 하나씩 쥐어주고 그걸 관찰하는 요란한 마당놀이에 가까웠다. 그런데 10년 후에는 숲속 산장에 소지섭과 박신혜를 넣어놓고는 ASMR을 시킨다. 싸이월드 시절 얼짱이 10년간 꾸준히 내공을 갈고닦아 인스타그램 스타가 된 것 같은 그런 느낌의 변화. 이런 질 낮은 비유가 부끄럽지만 이것 말곤 표현이 안 된다.

경외심과 호감도는 별개다. '나영석 PD의 프로그램을 보시나요? 좋아하시나요?' 이건 지금의 한국 예능에 대한 기호도를 조사할 때 가장 기초적이고 필수적으로 물어야 할 질문일 텐데 나는 단호하게 대답할 수 있다. 아니오. 아닙니다.

　간단하게 대답할 수 있다. 내가 그의 프로그램에서 제일 싫어하는 것은 음악이다. 〈1박 2일〉을 보다 보면 경치 좋은 곳에서 자연을 즐기는 강호동을 화면에 보여주면서 왜 고깃집 골목에서나 나올 것 같은 한국 발라드 음악을 까는지 처음엔 이해할 수가 없었고 나중에는 너무 신기했다. 이 지독한 습성은 tvN 이적 후에 만든 프로그램에서도 계속됐다. 〈삼시 세끼〉 어촌 편에서 차승원이 고기 손질하는 장면에 〈캐리비안의 해적〉, 〈아저씨〉 OST에 이어 노찾사의 '사계'가 연달아 나오는 것을 들으면서 아, 이 사람의 음악 세계는 나 같은 범인이 이해할 수 있는 것이 아니구나 최종 판단을 내렸다. 이건 음악을 잘 모르는 게 아니라 정말 잘 알기 때문에 가능한 일일지도 모른다. 전위적이고 컬트적인 느낌을 연출하기 위해서. 음악을 모르면 사용하지 않거나 경음악을 쓰거나 하는 방법도 있을 텐데 굳이 이렇게 한다는 것은?!

　그의 방송을 보고 있으면 그가 음악을 본능적으로 사랑한다는 것이 느껴진다. 정말 어지간한 음악방송 2주치 분량의 음악이 방송 내내 빈틈없이 흐른다. 그러다 시간이 지나며 기성 가요 위주의 선곡들이 차츰 큰 카페에서 흐르는 음악처럼 세련돼졌다. 그리고 딱 그만큼 방송 스타일도 정적으로 변한 것 같다. 조용함을 추구하고 싶은 것도 이해는 한다. 나라도 강호동이랑 5년 동안 여행 다니고 나면 그럴 것 같다. 공감은 되는데, 여전히 싫다.

요새는 넷플릭스나 왓챠플레이 같은 것이 생겨서 영화를 쉽고 편하게 볼 수 있다. 그래서 사람들은 〈삼시 세끼〉나 〈윤식당〉을 보면서 〈리틀 포레스트〉나 〈카모메 식당〉 같은 일본 영화들을 쉽게 떠올릴 것이다. 굳이 모방한 부분을 감출 생각도 없어 보인다. 소재의 단조로움을 알고 있어선지 그는 굳이 연출력을 발휘해 프로그램 곳곳에 활력을 불어넣는다. 여기서 내가 싫어하는 부분이 또 나온다. 엄청나게 남용되는 플래시포워드다. 불과 5분 후면 알게 될 내용이 반복적으로 예고된다. 나는 그 지점이 별로 특별하게 느껴지지 않고 보여주려면 제발 그냥 보여주세요 애원하게 되는데 이런 시청자의 끓어오르는 반응을 원하는 건가 의심이 들 정도다.

싫은 건 또 있다. 그는 언제나 자기 몸을 0.5 정도 방송 안팎의 경계에 걸쳐놓은 채 출연자와 대결한다. 자유롭고 편한 차림이지만 늘 피로에 찌든 모습으로 등장한다. 좀 당황스럽다. 저 사람을 내가 아는 척해도 되는 거야? 저렇게 격식 없이 등장한 건 자기가 나와도 시청자들이 모르는 척해주길 바라는 거 아니야? 내가 이런 생각을 하는 동안 그는 어떤 상황을 조작하고 통제할 때는 또 희열을 느끼듯 상기된 표정으로 등장한다. 설날에 너무 갑작스런 타이밍에 친척 집에 가면 삼촌이나 사촌 오빠가 자다 일어난 얼굴과 막 껴입은 차림새로 자기 방에서 반쯤 몸을 내민 채 인사하는 걸 종종 봤었는데. 그런 당황스러움.

정말 오래 생각해봤다. 아무리 생각해도 나는 누가 까나리액젓 마시는 걸 보면서 재미있을 것 같지가 않다. 취향의 문제인가? 처음 한 번이야 모르겠지만 몇 년 동안에 걸쳐서? 생체 실험도 아닌데? TV쇼는 어떤 소재를 다루더라도 모든 통제가 제대로 설계되어 있다. 하지만 〈1박 2일〉과 〈신서유기〉는 〈정글의 법칙〉에서 정글이란 공간이 주는 한계, 〈슈퍼맨이 돌아왔다〉에서 육아의 고됨이 가져오는 상황들과는 통제 요인이 크게 다르다. 이미 야외에서 취침을 하고, 시골에서 농작물을 수확해서 매 끼니 밥을 짓고, 별로 친하지도 않은 사람들하고 강제로 여행을 가야 하는 특수한 상황에도 불구하고, 기어코

까나리액젓을 먹고 야외 취침을 해야 하니까. 그 밑도 끝도 없는 벌칙 쇼 덕분에 나는 학교와 직장에 다니며 참여한 모든 행사에서 유사 복불복 지옥에 시달려야 했고, 현재까지 까나리액젓 다섯 컵과 간장 콜라 세 컵을 마셔야 했다.

싫은 걸 말하려고 시작한 글이니까 다시. 프로그램 전체에 흐르는 그런 가학성은 대부분 이동에서 얻은 풍경들로 중화한다고 치자. 그럼에도 싫은 것은 여전히 남아 있다. tvN 이적 후 그가 만든 모든 방송의 최종 목표가 올리브영 프로모션처럼 보인다는 점이다. 사실 PPL은 이미 한국 방송에 확실하게 자리 잡아 그 자체로 연출의 일부가 된 지 오래고, 물건을 팔아야 하는 CJ가 제작하는 모든 방송에선 이런 특징이 더 도드라진다. 하지만 '슬로 라이프'를 표방하는 나영석 PD의 시리즈에서 유난히 그 단점이 더 크게 드러난다. 그가 그려놓은 전원생활에 대한 로망을 키우다가 저 섬엔 올리브영 없을 텐데 하는 잡념이 들기 시작하면 이게 다 뭔 소용이냐는 생각에 빠지기 때문이다. 그리고 실제로 다음 날 올리브영에 들르면 매장 가판대 한 면이 전부 방송 출연자들이 웃고 있는 스티커로 도배되어 있다. 내 성격이 모나서인지 그런 걸 보면 정말 심사가 뒤틀린다. 〈삼시 세끼〉, 〈신혼일기〉, 〈윤식당〉, 〈숲속의 작은 집〉까지 모든 쇼에 공통적으로 흐르는 잔잔하고 은은한 감성이 전달하려는 바는 잘 알겠지만, 이 방송이 포장되고 유통되는 공정을 체험하고 나면 그가 제작하는 '느림의 산물들'이 CJ가 만든 레토르트 스파게티처럼 느껴진다. 그래, 저것도 그러려니 할 수 있다. 나는 사실 레토르트 스파게티를 잘 먹으니까. 그래서 결정적으로 싫은 것을 말해야 할 차례다.

〈꽃보다 할배〉는 원로 배우들을 데리고 유럽으로 떠나 그들에게서 삶의 지혜를 배우고 노년의 낭만을 되찾는다는 아름다운 가치가 기획의도로 자리하고 있다. 그러나 사실상 이서진을 애정 어린 시선으로 괴롭히는 게 더 큰 목적인 쇼다. 나영석의 연출작 중 여성 출연자가 과반인 아주 희소한 작품으로 기록될 〈꽃보다 누나〉도 마찬가지다. 윤여정, 김자옥, 김희애, 이미연이라는 대배우들을 데리고 간 여행이었으나 정작 프로그램에서 부각된 건 어수룩하지만 누나들에게 '나를 동생으로만 그냥 그 정도로만' 보지 말아달라는 이승기의 귀엽고 서툰 존재감이었다. 이승기는 대체 왜 그렇게 길을 잃는 것이고, 그 길 잃는 장면은 왜 그렇게 길고 반복적으로 보여준 것일까.

다 같은 '꽃보다' 시리즈로 묶였지만 〈꽃보다 청춘〉은 따로 떼서 〈1박 2일〉, 〈신서유기〉, 〈알쓸신잡〉과 같은 카테고리에 넣어야 한다. 이 라인업이 바로 나영석 세계의 중추이기 때문이다. 〈1박 2일〉의 상근이부터 〈삼시 세끼〉의 치와와 산체, 고양이 벌이, 염소 잭슨까지 매번 동물들이 많은 주목을 끌고 그가 소개한 여행지, 방송에서 요리한 음식들은 언제나 화제가 되어 그로 인한 부작용도 지적되곤 했으나, 아니다. 어디를 가든 어떤 주제를 얘기하든 그의 방송 속 주인공은 항상 따로 있다. 현재 한국 미디어 흥행의 3요소는 여행, 음식 그리고 나영석이 사랑하는 남자다. 좀 더 이어서 이야기를 해볼 수 있을 것 같다.

세상의 기준

나영석 PD를 향한 비판은 대개 연출 형식과 관련이 있다. 하지만 요즘 방송 대부분이 그렇다. 한국 예능을 보는 것은 이제 연출의 자막 활용을 보는 것이나 다름없고, 방송도 촬영 당시에 벌어진 일보다 편집에서 그 상황을 해석하는 데 더 큰 힘을 투자한다. 그러다 보니 출연자보다 PD의 주관적인 해석과 시선이 방송을 지배한다. 도리어 다 비슷한 것을 추구하는 예능 프로그램들 속에서 나영석이 자기만의 브랜드를 갖고 있다는 것은 그가 이런 연출 스타일의 유행을 선도했기 때문일 것이다.

만드는 것마다 히트를 치는데 생산 주기마저 짧고 회전이 빠르니 그가 가진 영향력에 비판을 가하는 것은 무모한 일처럼 보인다. 그렇기 때문에 좀더 확실히 부딪치며 이야기해야 하지 않나 싶다. 그가 쉴 새 없이 만드는 방송은 무엇을 말하고 그가 보는 세상은 어떤 가치를 만드는 것인지.

〈1박 2일〉과 〈신서유기〉에서 그는 늘 출연자와 싸우는 상황을 연출한다. 하지만 잘 보면 그건 싸움이라기보다 자기 말을 절대적인 것으로 만든 뒤 출연자들을 복종시키는 왕게임에 가깝다. 강호동이라는 존재감 강한 인물이 그의 대척점에 있기에 복종 불복종의 룰이 비등한 대결처럼 보일 뿐, 나영석은 모든 포맷에서 스스로 절대자로 군림한다. 그의 예능 형식은 리얼리티를 표방하지만 작가가 그리는 모험 드라마나 대결 만화에 가깝다. 그 세계에서 배우들은 한 가지 목표를 위해 단순하게 달려가고, 트릭에 빠지며, 결국 원하는 것을 얻고 감동을 느낀다.

그 깊이가 얕고 수단과 도구가 현실적이고 약간 허접해서 가려진 듯하지만 그곳에서 나영석은 늘 전지전능한 신이며, 매번 알면서도 그에게 당하는 출연자들은 어리석은 인간이 된다.

인간은 인간인데, 이 장르의 관습이 그렇듯 당연히 신도 남자, 인간도 남자다. 이 복잡한 이야기를 풀어나가는 데 여성은 포상이 되어야지 주인공으로 쓸 순 없다. 사람들은 성경을 이해하듯이 이해하고 만다. 얼마나 대단히 거친 일을 하길래 늘 남자들만 나오는 걸까. 얼마 전 〈신서유기〉가 방송 선호도 조사에서 1위를 했다. 나는 여섯 번째 시즌까지 단 한 편도 제대로 본 적이 없다가 리서치 결과에 놀라 아무 에피소드나 한 편을 골라 봤는데, 출연자들끼리 계속 릴레이로 제기를 찼다는 것만 머리에 남았다. 이수근이 열심히 토스하면 강호동이 어떻게든 열정을 불살라 실패하고, 안재현과 은지원이 말 같지도 않은 퀴즈를 기상천외한 방식으로 틀리면 밥을 안 주거나 혼자 걸어오게 하거나 하는 벌칙을 줬다. 크게 할 말이 없었고 올해의 남은 목표는 〈신서유기〉보다가 박장대소해보기로 정했다.

그는 어떤 가치를 대중화하는 데 큰 소질이 있다. 〈삼시 세끼〉의 파급력 덕분에 장모 치와와랑 스

코티시폴드 고양이가 많이 분양되고 거북손 매출이 올라갔다고, 인문학은 누구나 즐길 수 있는 오락이 됐다고, 요리하는 남자가 (건국 이래 3백 번째 정도로) 대세가 됐다고 한다. 이 모든 파급력을 만들 수 있는 유일한 사람이 나영석이라고 했다.

부러웠다. 야외에서 잠을 자고, 해외여행을 다니고, 섬에서 생활을 하고, 그게 너무 즐거워서 큰소리로 노래를 부르고, 게임을 하고, 어떤 재미를 느끼든 그냥 모든 문제로부터 차단되어 그들만의 세상이 되는 것들. 어떤 굴욕감도 없이 문제될 만한 것들을 차단해놓고, 누군가에 의해 격리된 듯 철없이 굴며, 그런 것을 방송의 기준이자 보편적인 체질로 만들어놓고 절대 그 바깥을 비추지 않는 사람이 능력 있는 사람으로 찬양받는 것. 이런 생태에 대해 불평하면 영원히 구조 밖에서 살라는 얘기를 듣게 되는 환경.

나영석의 방송은 점점 물질적인 가치에서 떨어진 것을 얘기하고 정적이고 조용한 것을 찾는 게 아니다. 말하지 않아도 되고 듣지 않아도 되는 곳으로 가고 있다. 사실상 모든 프로그램이 '자연인'을 모토로 삼고 있다고 해도 과언이 아니다. 그래, 그렇게 도태되면 좋으련만 그의 뛰어난 재능이 그렇게 되도록 가만 있지 않는다. 이제 그는 절대 권력을 가졌

다. 중용하고 싶고 '기회를 주고 싶었다'는 남성들을
섬으로 부르고, 책임을 묻는 말에는 아무 대답도 내
놓지 않는다. 익숙한 일이다. 변할 리 없다. 차라리
스스로를 의심했다. 그 과정에서 좋은 점을 찾아보
자고. 내가 너무 삐딱하게만 보는 거라고. 그렇게 회
피로 단단히 쌓아올려진 무해한 세상은 언제나처럼
시장의 중심이 되어간다.

과거의 유산

이 글을 굉장히 오래 쓰고 있다. 2년 좀 넘은 것 같다. 오래 쓰고 있어서 별일이 다 있었다. 하지만 그 사이에 〈무한도전〉과 〈1박 2일〉이 모두 폐지될 거란 건 한순간도 예상해본 적이 없었다. 나는 이 둘이 양대 산맥처럼 버티고 있을 때 거기서 생성된 남성 예능 정글 속에서 자랐고 어쩌면 영원히 그 속에서 살아야 할지도 모른다고 생각했기 때문이다. 망했다, 그렇게 생각했을 정도로. 나는 이 두 방송이 환호를 받은 만큼 철저히 뒤처지기를 바랐다. 언젠가 시대가 변하면 사람들이 결국 이 방송들을 도태시킬 거라 생각했다.

그렇게 천천히 비참하게 몰락하는 것을 보고 싶었다. 〈무한도전〉은 조금 그런 면이 있다. 그러나 〈1박 2일〉이 폐지되는 과정은 충격이었다. 폐지되었단 사실이 충격적인 게 아니라 도태되기만을 바라며 외면한 사이, 옹호해선 안 될 가치들을 그 방송이 단단히 받쳐주고 있었음이 드러나고, 본모습이 세상에 밝혀지자마자 한때의 실수인 양 내빼며 순식간에 시스템 전원을 뽑듯 강제 종료한 과정이 충격이었다.

여자 아이돌 그룹 멤버가 〈아는 형님〉에 나와 과거에 스토킹을 당했다고 고백하자 이수근은 '남자들은 평생 해당 안 되는 얘기지 뭐' 하고 웃었다. 꼬투리를 잡자는 게 아니다. 한국 텔레비전을 보지 않는 누군가에게 저 영상을 보여주면 그의 말과 표정이 한국 남성 방송인을 설명하는 어떤 단위로 쓰일 수 있을 것이다.

　　정말 힘들다. 남성 방송인 중에서도 멋도 없고 품위도 없고 비열함을 무기로 삼아 활발히 활동하는 자들에 대해 말을 나누는 것은. 남성 예능인 중심 방송에 대한 폐지 운동이 시작되었을 때 주로 지목당한 프로그램들이 있었다. 빅뱅의 멤버였던, 지금은 연예계를 은퇴한 전 연예인 승리를 띄워준 방송들이다. '남자들끼리 이런 얘기 하는 거지 뭐' 하는 저질스런 이야기는 농담인 척했지만 범죄의 근거이자 복선이었다. 그 사실이 밝혀진 상황에서 그 예능을 두고 방송의 방향성을 개선하라거나, 토크의 질을 높이라거나, 방송인들의 성 감수성을 키우라고 촉구하는 목소리는 우습게 들린다.

　　남성 연예인들이 방송에 적응하고 자주 얼굴을 비쳐 획득한 인지도는 다시 그들의 자산이 된다. 딱히 공정한 실력으로 평가와 기회를 받는 것이 아니라 방송 관계자, 제작자, 프로듀서 들과의 친목으로 커리어를 쌓아야 하는 이 업계에서 남성 예능인들은 자신을 드러낼 기회를 꾸준히 얻어왔고, 그렇게 유창한 실력과 경험을 쌓아왔다. 그렇게 부여된 대중적 명예는 쉽게 무너지지 않는 것이 되었다. 그리고 그것을 이용해 불법을 저지르고, 여성들을 착취하고, 뒤로는 온갖 더러운 행각을 저지르면서 방송에서는 대중들을 기만하고 있었음이 들통났다. 과거에는 이마저도 쉽게 용서를 받았다. 복귀할 기회도 그만큼 빨리 잡을 수 있었다. 그렇게 돌아온 사람들이 여전히 활발히 활동하는 것이 지금 한국의 미디어다.

이제 절대 그렇게 두지 않을 것이다. 이런 내 오기가 전해진다고 해서 몇 십 년 다져온 세계의 판도가 바뀔 리 없다. 잘 안다. 그러나 꾸준히 뿌리내린 남성 중심적 시청 담론에 대항해 많은 여성 시청자가 여성으로서의 시청 권력을 활발하게 행사하기 시작했다. 더 이상 전과 같은 일을 반복하지는 않겠다는 결의가 어느 때보다 강하게 느껴진다. 그래서 나도 비장한 톤으로 말하고 싶어졌다.

나는 주변이 아닌 자기 앞길만을 챙기는 남성 예능인이 위대한 인물로 추앙되는 것을 저지할 것이다. 혐오스럽고 둔감한 발언에 지금보다 몇 배는 더 예민하게 반응할 것이다. 오직 남성 동료만을 챙기는 인물에게 더는 '하느님'이나 '국민 MC' 따위의 찬사를 허용하진 않을 것이다. 꼰대를 자처하는 아버지를 웃는 얼굴로 대하지 않을 것이며, 자기만 유쾌한 채 건네는 성적인 농담에 웃지 않을 것이다. 심각한 얼굴로 다가와 고민을 해결해주겠다는 제안에 응하지도 않을 것이다. 그리하여 남성의 얼굴과 목소리를 한 한국 방송의 모습이 우리의 얼굴과 목소리에 가까워질 수 있도록 불평할 것이다.

제대로 수평을 잡으려면 기울어진 쪽에 더 무거운 추를 달아야 한다. 여성의 목소리가 방송의 여러 분야에서 할 수 있는 역할은 많다. 그것이 당연해지는 세상이 될 때까지 남성들의 목소리는 지금보다 훨씬 더 많은 감시를 당해야 한다. 그럼에도 변화가 없다면 압력 또한 높여가야 한다.

나는 이제야 겨우 그런 힘의 연대가 생겼다고 믿는다. 그 연대에 꾸준한 힘을 보태고 싶다. 공명심 같은 것을 느끼려는 것이 아니다. 그저 TV를 끄거나 무시하거나 포기하는 대신, 죽기 직전까지도 한국 방송의 가장 열렬한 시청자가 되고 싶기 때문이다.

평행우주

이젠 모든 대화에 대한 답이나 의사 표현을 한국 예능 클립으로 대신할 수 있을 것 같다. 요즘은 가만히 있다가도 갑자기 통곡을 하고 싶은 경우가 잦은데 그럴 땐 '강부자 성대모사 하는 김영철처럼 울고 싶다'고 말해야 정확하다. 그렇게 서럽게 울면서 가슴을 치고 울음을 토해야 직성이 풀릴 것 같다.

　　나는 여행을 가기로 했다. 두 번째 직장 퇴사후 첫 여행이다. 1년에 적어도 서너 번은 가는 부산이 목적지지만 지금은 그냥 집에서 멀리 떨어지는 기분이 중요하다. 저녁 내내 여행에서 들을 플레이리스트를 만드느라 들떠서 기분이 '조권이랑 브라이언이 〈세바퀴〉에서 보여준 세기의 트워킹 대결'이다. 여행에서 음악을 듣는 내내 저 영상이 나를 따라다니겠지. 내 말을 잃고 내 기분에 대한 표현을 텔레비전에 맡긴 이후로 자주 있는 일이다.

　　〈세바퀴〉를 보는 것이 정말 좋을 때가 있었다. 정확히는 뭐든 딴죽을 걸어대는 아줌마 출연자들을 좋아했다. 브라이언이랑 조권이 어떤 인물인지 트워킹이 어떤 춤인지 잘 몰라도 그저 그 비주얼에 원초적인 충격을 받아 경악하고 호통치며 웃느라 숨을 못 쉬는 5060 아줌마 군단. 선우용여가 나긋나긋한 목소리로 일부러 푼수 같은 말을 하면 양희은이

옆에서 복식호흡으로 핀잔을 주고, 김지선이 섹시댄스를 추면 조혜련이 지지 않으려고 태보댄스를 추는 것이 웃겼다. 김구라와 이휘재가 못마땅한 얼굴로 사사건건 군소리를 하다가도 이경실이 눈에 힘만 주면 다시 조용해지는 것도(완전 걸크러시다), 이 모든 상황을 진행자석에 앉은 박미선이 통제하고 있다는 것도 좋았다. 익숙하고 편안했다. 명절에 숙모들만 모인 방에 있는 것 같았다.

아침을 차리고 돌아서면 상을 치우고 청소를 하고 점심과 저녁 때에 그 일을 반복하면 하루가 지나갔다. 엄마와 숙모들은 작은방에 모여서 쪽잠을 자기도 하고, 시작과 끝이 없는 텔레비전을 보기도 하고, 별 관심도 없는 조카의 안부를 묻기도 했다. 그 안은 항상 포근하면서도 불안한 기운이 감돌았다. 그 시간과 공간이 곧 사라질 거라는 걸 알았기 때문일 거다. 어릴 적 나를 맡아줄 곳이 없어 종종 따라간 엄마 친구들의 계모임 장소도, 남편을 흉보고 자식을 걱정하고 연예인 얘기를 하는 아줌마들의 사우나실도, 모두 밥때가 되면 저절로 파하는 공간이듯이. 그곳에는 언제나 재미있고 가슴 답답한 말들이 있었다. 아니 절대 완결 나지 않는 말의 파편들이 있었다.

나는 내가 〈세바퀴〉를 보기 위해 시간을 맞춰놓고 기다린 적이 없다는 걸 알고 있었다. 시작이 기다려질 만큼 아주 재미있는 것이 아니었다. 어쩌다 채널을 돌렸을 때 화내거나 웃고 있는 아줌마들의 영문 모를 제스처가 익숙했을 뿐이다. 선우용여의 연배와 양희은의 경력, 총 네 번 출산을 한 김지선, 끝없이 무언가에 도전하는 조혜련, 여성 패널들의 사연에 공감하며 이경실이 흘리는 눈물의 의미와 이휘재와 김구라 사이에 앉아 못 말리는 남편 이야기를 하다가 결국 교체된 박미선의 빈자리. 이 모든 것이 한순간의 자조와 웃음으로만 소비되는 것은 이상한 일이었다.

물론 패널 수십 명이 함께 하는 정신없는 토크 포맷의 쇼에서 그들은 방송이 원하는 각자의 역할에 충실했고 시청자인 나는 그 자체를 즐기면 그만이었을 것이다. 그러나 나는 이제 지쳤다. 무언가를 억지로 해석하고 의미를 부여할 힘도, 나 자신을 속일 힘도 없다. 인물 개개인이 가진 존재감이 끝없이 마모되기만 하는 쇼를 보면서 숙모들의 방을 떠올리고 앉았을 여유도 없다.

이제 나에게는 원형 그 자체로 뻔뻔하고 완결성 있는 이야기와 나와 힘을 주고받을 인물이 필요

하다. 계속 흩어지기만 하는 말들을 모아야 한다고
생각하니, 이미 많은 힘을 가진 사람들과 그렇지 못
한 사람들, 그 힘이 발휘되는 공간과 그걸 받아들이
고 있는 사람들에 대해 이야기를 해야 했다.

당신의 눈, 박미선

　몇 년 전, 한국에 여성이 주인공인 예능이 없다는 지적이 사람들로부터 떠오르기 시작했을 때, 꽤 많은 남성이 '팩트'로 반박을 가했다. 황금시간 버라이어티만 없을 뿐이지 꽤 많은 여성 코미디언이 많은 방송에서 활발하게 활동하고 있다는 얘기였다. 실제로 그랬다. 아침부터 저녁까지, 지상파에서 케이블까지 구석구석 보면 아줌마 자체가 메인인 쇼들이 꽤 많았다. 〈여유만만〉, 〈비타민〉, 〈만물상〉, 〈동치미〉 같은 생활정보 토크쇼부터 〈엄마가 뭐길래〉, 〈둥지탈출〉, 〈자기야〉 같은 관찰카메라, 〈세바퀴〉, 〈무자식 상팔자〉 같은 오픈 토크쇼까지 출연진도 주 시청자층도 아줌마인 방송이 즐비했다. 그렇구나. 내가 뭘 모르고 아무 소리나 했구나. 이 많은 여성이 많은 기회를 받고 다양하게 활동하고 있었구나! 그래, 더 이상 저런 주장을 하는 사람들이랑 함부로 말을 섞지 말아야겠다. 바보인 거 옮을 수 있으니까.

　웃기고 말 잘하는 아줌마는 많다. 근데 아줌마는 목숨 걸고 웃기면 안 된다. 대외적으로 어떤 신분을 가졌건 그들의 본업은 주부고 주부는 가정을 온

화하고 지혜롭게 지켜야 된다고들 하니까. 이상한 일이다. 주부를 직업으로 인정해주지도 않는데 늘 도리를 다해야 한다. 텔레비전에 나오는 아줌마들도 그렇다. 웃기는 게 직업임과 동시에 주부니까 주로 자기 가정사를 이야기한다.

그들이 하는 모든 얘기가 시시했다. 아무 매력도 없었다. 꽤 공감 가는 것들이 있을 법했는데 결국 '남편의 외도를 눈감아주는 것도 내조', '나를 속상하게 하지만 그래도 감동을 주는 남편', '참는 것이 아내의 인생' 같은 이야기가 나오면 내 눈을 찌르고 싶을 만큼 지루했다. 남편을 마구 공격하거나 아줌마들만 구사할 수 있다는 에로틱한 사우나 농담으로 시작한 이야기들은 가정의 평화를 위해 내가 참고 희생한다는 결말로 맺어졌다. 전혀 웃기거나 아름답지 않았고, 무섭고 기괴하기만 했다. 중간중간 게스트로 등장해 이죽거리기만 하는 남편들의 철없는 얼굴을 볼 때면 '으이그 이 웬수!'가 아니라 '죽어라 사탄아' 하고 싶었다. 그런 내용에 공감하면서 '사람 사는 거 똑같구나' 하는 여성 시청자들이 있다면, 그게 이런 방송의 기능이라면, 그거야말로 최악이라고 생각했다. 그래서 나는 엄마가 거실에서 이런 쇼를 보고 있을 때가 제일 싫었다. 이 판의 중심에 있는 여성 예능인들을 보는 것도 찜찜하고 불쾌했다.

EBS 〈까칠남녀〉가 론칭할 때 많은 기대를 가졌지만 진행자가 박미선이란 걸 알고 정말 아쉬웠다. 남녀로 패널을 나눠 페미니즘 이슈들을 본격적으로 다룬다는 토론 방송에 왜 꼭 저 사람이 사회를 보는 걸까. 내가 느낀 박미선의 이미지대로라면 그저 남성 패널 편만 들다가 모두가 듣기 좋은 소리로 예쁘게 봉합하는 역할만 하겠거니 싶었다. 싫었다. 그 쇼를 보는 건 고행에 가까워 보였다. 방송이 끝나고 나면 남성 패널들의 말에 여성 네티즌들이 공분했다. 그들의 화법은 주로 저열함으로 가득 찬 의도된 우격다짐이었는데, 그런 소리를 주장으로 존중해서 토론의 한 축에 욱여넣으니 무슨 주제든 볼 때마다 복장이 터질 것만 같았다.

그러니 그 자리의 중심에 앉아 중립이랍시고 귀를 기울여주고 있을 박미선에게 흥미가 없는 것은 당연했다. 미달이 엄마, 이봉원의 아내, '세바퀴 아줌마'인 사람에게. 이 또한 여성혐오를 근거로 한 관습적인 여성혐오라 불려도 어쩔 수 없었다. 박미선의 진행은 빤할 것 같았다. 불편했다. '벌레가 된 엄마, 맘충' 에피소드를 우연히 보기 전까지 그랬다.

직장 여성이 출산과 양육을 자유롭게 할 수 없

는 구조적인 문제와 양육에 지나치게 몰두하다 '맘충'이 되는 유자녀 여성에 대한 토론이었다. 그러나 이야기는 그와 관련해서 어떤 제도를 마련해야 하는지, 인식을 개선할 방안이 무엇인지 같은 것을 두고 오가지 않았다. 겨우 주제에 근접하면 갑자기 '어머니 세대들은 더 힘든 사회에서 육아를 했다. 지금은 더 좋아진 사회인데 힘들어서 결혼, 육아를 못 하겠다는 건 말이 안 된다' 같은, 아무 논리도 없고 주제 파악도 못한 남성 패널의 덜 떨어진 말을 들어야 했다. 제작진이 꽤 이상한 지점에서 재미를 추구한단 생각을 했다. 대체 '지금은 그때보다 더 살기 좋아진 사회인데!'라는 건 가스통 할아버지들이 주정 부리면서 전쟁 시절 회고하는 것과 뭐가 다르냐 말이다. 그 할아버지들은 실제로 겪기라도 했지 저 사람은 심지어 자기 '어머니 세대'를 끌고 온다.

저런 취권에 가까운 화법은 응수가 불가능하기에 대꾸할 필요가 없는데, 그렇게 아무 대응을 하지 않으면 발언자는 자기가 논리 대결에서 이겼다고 착각하며 정신승리를 하고, 사회에는 이런 과정 때문에 꽤 많은 사람이 스트레스를 받으며 살아가고 있다. 실제로 방송에서 서유리는 울었다. 그런데 박미선이 갑자기 나서서 말했다.

"정영진 어머니 세대의 분들이 딸들에게 하는 말이 있다. '너는 나처럼 살지 말아라'라는 말이다. 우리 엄마도 그러셨다."

이 방송은 박미선의 모습을 보는 것만으로도 재미를 느낄 수 있었다. 〈까칠남녀〉 속 진행자 박미선은 〈세바퀴〉의 박미선과 같은 듯 달랐다. 자신이 오랜 시간 유지해온 진행 방식을 지키면서도 적극적으로 방향을 이끌었다. 중심에서 패널들의 말을 인도하고 프로그램을 조율하는 모습을 유지하면서도, 새로운 생각에 가닿을 수 있도록 노를 저었다. 그가 인터뷰에서 말했던 것처럼 과거의 자신과 선을 긋는 모습들을 발견할 때는 희열이 느껴졌다.

박미선은 종종 남성 패널들에게 "니 딸이 너 같은 남자 만난다면 어쩔래?" 같은 말을 했다. 페미니즘 논쟁에서 이 말에는 허점도 많고 절대 유효한 공격이라 생각지 않지만, 남성 패널의 입을 잠시 다물게 하는 효과는 있었다. 논리가 정교한 기술은 아니었지만 절대 다수의 남성들과 몸으로 부딪혀야 하는 필드에서 오래도록 살아남은 박미선만이 구사할 수 있는 공격이었다.

50회에 걸친 페미니즘 담론 예능의 진행을 마친 박미선은 내가 그 쇼의 사안에 집중하는 것과 별

개로 진행 능력만으로도 충분히 존경스러운 사람이
었다. 거침없지만 우아했다. 한 분야에서 최고 자리
를 인정받아온 전문가다웠다. 내가 아줌마들의 말에
무게를 재고 가볍다고 여기며 무시한 동안 쌓아온
그의 실력은 정확한 지점으로 거침없이 향했다.

〈거리의 만찬〉이란 프로그램의 파일럿이 시작
되었을 때 나는 꽤 긴장하며 시청했다. 2006년 KTX
여승무원 해고 사태는 당시 청소년이었던 나에게 많
은 여성 활동가 선생님이 처음으로 여성 연대의 의
미를 일깨워준 첫 번째 사건이었다. 투쟁이 한창이
던 때에 나는 결국 그곳을 무책임하게 탈출했고 그
일은 꽤 오랫동안 괴로움과 자책으로 남아 있었다.
방송을 보면서 나는 그렇게 10년이 조금 지나 스스
로를 강제로 돌아보게 되었다. 방송에는 나를 포함
한 많은 사람의 길었던 무관심과 외면, 그럼에도 굴
하지 않았던 해고 여승무원들의 절실함, 언젠가 또
다른 이들에게도 필요할 연대를 끌어내는 메시지가
담겨 있었다. 그리고 그 일을 담담히 회상하고 소회
를 풀며 호소하는 자리에, 박미선이 있었다. 방송이
나가고 얼마 지나지 않아 대법원은 12년 만에 해고
여승무원에 대한 복직 판결을 내렸고 〈거리의 만찬〉
은 2018년 정규 편성이 확정되었다.

자신이 선택한 방향이 분명해졌을 때 나는 박미선이 업계에서 버티면서 쌓아온 화려한 경력이 어떤 식으로 빛을 보게 될지 궁금하다. 다시 아줌마 예능을 맡아도 좋겠다. 그 수많은 아줌마 예능을 지금의 박미선이라는 인물로 다시 엮어 해석한다면 훌륭한 여성 코미디로 다가오지 않을까. 박미선뿐만 아니라 이경실도, 김지선도, 늘 그 자리에서 함께였던 베테랑 여성 예능인들이 재정비한 가치관을 통해 어떤 모습을 제시할지 흥미가 생긴다.

만일 지금 다시 〈세바퀴〉가 방영된다면 그때와는 분명 다를 것이라고 나는 장담할 수 있다. 시청하는 자세 또한 바뀔 것이다. 그들의 말에 열렬히 반응하며 웃고, 엄마와 같이 시청하다 가끔은 눈물을 흘릴 수도 있을 것이다.

박미선의 입은 늘 변치 않고 그대로다. 그러나 항상 겁에 질린 것같이 커다란 그의 눈은 이제 정확한 곳을 응시하기 시작했고, 그것은 곧 나의 엄마, 나 그리고 나의 딸의 눈이 될 거란 기대가 생겼다.

거물, 이영자

'여장부'라는 말이 몸서리치게 싫었다. 대장부란 말에 성별도 없는데 굳이 '대' 자를 지우고 '여'를 넣어 종속된 단어로 만들어버리는 지겨움. 진짜 위협적이라서 그런 말을 하는 게 아니니까. 머리 크고 목소리 크고 단호한 성격에 재력을 가진 여자는 다 여장부가 되는 건가 하는 마음도 있었고.

내가 처음으로 본 큰 공연은 신영희의 판소리 콘서트였다. 엄마가 인식하고 있는지는 모르지만 지금까지 이어지는 우리 엄마의 말버릇 중 하나는 자기만 아는 사실을 엄청 보편적인 상식으로 확대해서 말하는 것이다. "왜 몰라? 유명한데?" 평소 말이 별로 없고 자기만의 세계가 확실하며 다른 사람에게 큰 관심이 없기 때문에 생긴 습관이라고 짐작한다. 신영희 콘서트를 처음 보러 간 날도 그랬다. 여섯 살 딸에게 엄마는 말했었다. "왜 몰라? 신영희."

그는 시청률 60퍼센트를 기록한 국민 코미디 쇼 '쓰리랑 부부'의 출연자로, 가장 대중적인 소리꾼이자 인기 있는 엔터테이너였고 동시에 한국의 전통이자 역사인 '인간문화재'였다(인간문화재라는 말은

언제 들어도 정말 좋다. 명인은 사람인데 인간문화재
는 문화재다.) 다부진 체격과 멀리 떨어진 객석에서
도 보인다는 커다란 이목구비, 마이크가 필요 없는
엄청난 성량과 굵고 거친 음색 그리고 소리보다 더
유명한 전투적인 입담. 공연 몇 개를 유튜브로 찾아
보고 좀 많이 놀랐다. 어릴 때 내가 본 게 대단한 거
였구나. 소리에 대해선 잘 모르지만 신영희가 관객
을 상대로 보여주는 것들이 전부 내가 익숙하게 여
기는 현대 스탠드업 코미디쇼의 형태였다.

　　누군가를 골탕 먹이기 일보 직전의 표정으로
등장해서 말의 속도보다 반 박자 빠르게 호흡을 조
율하고 시사풍자를 할 때면 자신을 낮췄다가 곧장
정색과 호통을 반복하며 유머의 권위를 높이는 최고
의 희극인. 혼자만의 힘으로 몇 시간은 우습게 끌고
가는 대쪽 같은 소리 공연은 '문화재'의 가치란 이런
것이구나 하는 벅참을 느끼기 충분했고, 굳이 한국
힙합과 비교하면서 치켜세우고 싶은 마음을 억누를
수 없었다. 근데 그러면 안 되겠지.

　　나는 이영자의 에너지를 받고 살았다. 우리 큰
고모 이름이 이영자라서. 차이가 있다면 본명인 이
유미를 숨기고 이영자란 이름으로 활동한 방송인 이

영자와 달리 큰고모는 자기 이름을 더 예쁜 이름으로 바꿔 부르게 했다는 점인데, 그 외에는 인간적으로 꽤 비슷한 면이 많았다. 작은 남동생인 우리 아빠와 나를 비롯한 많은 조카들에겐 한없이 너그러운 존재였지만 어쨌든 큰고모도 '여장부' 같은 것이었다. 불 같은 성격에, 말 한마디 지지 않고, 집안 식구들이 욕되는 일이 있다면 무조건 앞에 나섰다. 한국 집안의 장녀가 통속적으로 맡는 역할에서 크게 벗어나지 않는 성질들이었다.

고모가 여장부인 결정적인 이유는 정말 '웃기는 사람'이기 때문이다. 말을 조리 있게 잘하기도 했지만 기본적으로 삶을 대하는 태도가 시원시원했고 본인 역시 웃음이 많아 사람들에게 관심이 많았으며 그 시선에는 위트가 있었다. 분위기를 휘어잡고 말발로 자신에게 모든 집중을 끌 수 있는 사람. 그런 고모도 대외적으로 사람들에게 소개될 때면 '알고 보면 속은 여리고 온화한', '여성스러운'이란 단서를 꼭 붙여야 했는데 나는 그것마저 이영자와 닮아 있다는 생각을 했다.

〈밥 블레스 유〉에서 이영자의 수영복 차림이 공개되고 수영복 차림으로 방송에 출연한 소회를 이영자 스스로 이야기했을 때, 여성 시청자인 내가 해방감을 느낀 것은 당연한 일이었다. 그 일로부터 여성들이 나눈 많은 말 중에서 몸으로부터, 시선으로부터 해방되고자 한다면 이영자의 수영복 차림을 평가하거나 말을 보태거나 해방감의 도구로 이용하면 안된다는 명료한 관점이 등장했다. 나도 동의한다. 그러나 또 미디어에서 끝없이 반복되는 여성의 마른 육체에서 전혀 해방되지 않은 나 자신의 강박과 지방흡입수술을 했다는 사실 때문에 기자회견까지 열고 경력이 단절된 적도 있는 이영자의 커리어를 복기했을 때, 그의 수영복 차림에서 그런 생각이 든 것은 어쩔 수 없는 일이었다.

자기 존재감을 확보해갈 때 자신이 가진 체형과 분위기를 적극적으로 이용해야 하는 쇼 업계에서 그는 이미 데뷔 때부터 거물의 입지를 다진 인물이다. 데뷔와 동시에 거의 톱 연예인으로 군림했던 '영자의 전성시대'가 지나고 이제는 업계 원로이자 큰언니 같은 역할로 방송에 출연하고 있지만, 나는 여전히 이영자를 가장 신선한 이미지의 코미디언이라고 생각한다.

그는 난잡하게 자기 과거나 개인적인 이야기를 하면서 스스로를 비하하지 않는다. 〈전지적 참견 시점〉을 통해서 사람들에게 소위 이영자 스타일로 불린 '충청도식 수동공격' 화법은 받아들이는 사람들의 감상은 다양할지 모르나 나는 그것이 풍파 속에서 자신을 보호하면서 쌓아온 이영자 화술의 정점이라고 생각한다. 그는 격 있는 말과 태도로 주변인들과의 관계에서 여러 포인트를 좌우하는 가장 활동적인 점이 된다. 여장부, 큰언니, 대선배 따위의 역할에 자신을 가두지 않는다.

〈밥 블레스 유〉에서 내가 제일 좋아하는 장면은 다 같이 밥을 먹는데 최화정이 "지드래곤 엄마가 담근 김치 먹어볼래?"라고 말을 던지자 이영자가 별 리액션도 없이 계속 밥을 먹으면서 "어, 갖고 와봐" 하는 장면이다. 그러니까 다른 예능이라면 "뭐라고! 지드래곤 엄마? 김치?"라는 반응이 나와야 하는 지점에서 그저 비빔밥 먹는 데 몰두한 이영자가 너무 좋았다. 당대 최고의 연예인들과 친구이자 본인 역시도 톱스타인 이영자에게 지금 가장 높은 곳에서 유세를 떨치는 지드래곤이란 그저 후배 연예인 중 하나일 뿐이란 생각이 들어서. 야, 나도 연예인 좀 그만 좋아하고 저런 평상심을 유지하는 인간이 돼보자 싶은 생각과 함께 이를 깨물고 웃었다.

〈밥 블레스 유〉는 이 글을 쓰는 현재 시점의 유행에 가장 부합하는 예능이다. 장르에 구애되지 않고, 여행을 가고, 음식을 먹고, 자기가 겪은 이야기를 '웃긴 썰'로 풀어낸다. 나는 여성 예능인들이 너무 권위적이지 못하다는 것이 늘 불만이었는데 이영자 커리어의 2기로 불리는 〈밥 블레스 유〉를 보며 생각을 고쳐먹었다. 최화정과 이영자에겐 그들만의 확고한 권위가 있다. 다만 그것이 누구처럼 계속 말로 다져야만 지속되는 것이 아닐 뿐이다.

이 쇼에서 가장 중요한 기능을 하는 것은 이영자와 최화정의 태도다. 네티즌의 여론이 지금 같지 않았던 '살기 편한 90년대 연예인'에 대한 환상이 있지 않나. 그러나 사실은 자기 치부가 공개돼도 불합리한 일을 당해도 그저 죄인일 수밖에 없었던 시절을 거치며 오랜 시간 자기 자리를 유지한 여성 연예인들에게는 그 세월에서 획득한 자신을 지키는 단단한 태도가 있다. 최화정과 이영자가 후배 연예인, 게스트를 대하는 행동과 말에서 그런 것들이 충분히 읽히는 것 같다. 그저 자극적인 소재로 상대를 찍어 누르며 대하는 것이 아니라, 사람에 대한 위트 있는 관심과 그 관계에서 빚어지는 마찰을 웃음으로 풀어내는 고상함이 좋다.

이영자는 거물이다. '알고 보면 여린 여자', '소녀 감성' 이딴 수식어 없어도 그만이다. 앞으로 누가 그런 말을 이영자에게 붙여도 붙인 사람만 우스워질 것이다. 그는 후배 여성 예능인들의 모델만이 아니라 모든 여성이 바라볼 수 있는 훌륭한 인물이다. 그가 가진 재능에 비해 빛을 발하지 못한 시간들, 질곡 많은 사연들, 그것을 담아내는 그의 몸에 대한 설전까지 모두, 여전히 진행중인 여성들의 저항과 닮아 있기 때문이다.

2016년 KBS 연예대상 시상식에서 김종민이 대상을 수상할 때, 많은 남자 코미디언 사이에서 알 수 없는 표정으로 박수를 치던 이영자의 얼굴이 꽤 오래 사무쳤다. 고만고만한 활동을 한 사람들 중에서 자사 방송에 조금이나마 더 도움이 되는 사람을 결정해서 주는 상이라면 어째서 당시 이영자는 후보조차 오를 수 없었는가 하는 의문이 오래 남았기 때문이다. 그깟 상 별로 중요하지 않다고 생각하면서도 여성 코미디언 중 단 한 사람이 대상을 받을 수 있다면 나는 이영자의 권위가 보전되는 것이 좋겠다고 생각했다. 오랜 시간을 버텨오면서도 자기 품격을 잃지 않은 가장 연예인다운 연예인이면서 한 위대한 여성이자 사람, 트로피는 그런 사람에게 어울리는 것이니까.

위대한 쇼맨, 김신영

내가 한국에서 제일 좋아하는 코미디언은 장도 연이다. 나는 주로 싱거운 사람, 그러니까 뭔가 의지 없이 웃기는 사람들이 좋은데 장도연의 큰 키와 어색한 말투, 좀처럼 정을 주지 않는 태도는 싱겁지만 그 자체로 재미를 준다.

하지만 제일 재능 있는 코미디언이 누구냐고 물으면 많은 후보 중에서 주저 없이 김신영을 말할 것 같다. 연말 연예대상 라디오 부문에서 몇 년째 김 신영이 상을 받고 있는데 라디오 부문이 연예대상의 본상이 될 수는 없는 건지 항의하고 싶을 정도로 그의 라디오는 김신영이라는 재능을 축약해놓은 두꺼운 책 같다.

〈정오의 희망곡〉은 김원희와 정선희, 두 DJ가 진행할 때부터 즐겨 들은 라디오다. 김원희는 똑 부러지는 태도와 모든 것을 무장해제하는 푼수 같은 웃음을 번갈아 사용해 조용히 압도하는 타입의 DJ였고, 정선희는 정말 신이 주신 것 같은 엄청난 화술로 라디오에 윤기를 내는 DJ였다. 정선희가 하차한 뒤로 몇 차례 DJ가 바뀌는 동안에는 〈정오의 희망곡〉

을 듣지 않다가 김신영이 〈심심타파〉에서 〈정오의 희망곡〉으로 자리를 옮겨 단독 DJ로 데뷔한다는 소식을 듣고부터 다시 들었다.

대학생 때 치아 교정을 했는데 내가 가는 치과는 늘 SBS 파워FM에 라디오 채널이 고정되어 있었다. 그래서 열두 시에서 두 시 사이에 진료를 받으러 가면 꼭 라디오계의 오프라 윈프리 쇼 〈최화정의 파워타임〉이 나왔다. 꽤 친분이 생긴 치위생사 선생님한테 김신영 라디오가 재밌다고 말했더니 자기도 재밌는 거 안다고, 재밌어서 못 트는 거라고, 그거 들으면 너무 웃어서 치료가 안 된다고 했다. 김신영은 강호동과 비슷하게 에너지를 폭발시키는 개그를 하는 사람이고 그건 라디오에서도 마찬가지라 충분히 이해할 수 있었다.

실제로 김신영은 강호동의 '소나기'를 패러디한 〈웃찾사〉의 '소나기' 코너로 어린 나이에 데뷔해 주목을 받았다. 생김새가 닮았는지는 잘 모르겠지만 강호동이 주로 이용하는 귀여움, 경상도 사투리를 살린 순간적인 박력, 호탕한 웃음 같은 것이 비슷하다. 〈정오의 희망곡〉 오프닝은 매일 자기계발서나 감성 에세이에 나올 것 같은 문구들을 읽는 것으로 시작하는데 나는 종종 김신영이 진짜로 그 문구들에 감격한다는 생각을 한다. 〈야심만만〉이나 〈강심장〉에서 자기가 준비한 격언에 자기가 감동받는 강호동처럼. 김신영이 어린 시절 유도를 했다는 사실은 유명한데, 이렇게 강호동과의 유사점을 찾을수록 두 사람에 대한 평가가 완전히 다른 건 결국 성별이라는 절대적 차이 때문이 아닌가 싶게 된다.

〈친구〉가 흥행하기 전에도 경상도 사람이 경상도 사투리를 쓰며 텔레비전에 나오는 것은 드문 일이 아니었으나, 그것은 대개 남성들의 몫이었다. 경상도 여자들의 사투리는 남자들에 비하면 노출되거나 주목받는 일이 없었다. 짐작이지만 경상도의 주먹 쓰는 사나이와 서울 깍쟁이 아가씨의 판타지 로맨스가 많았고, 여자들이 경상도 사투리를 권위로 내세울 만한 일이 좀처럼 없었기 때문이 아닐까.

김신영 또한 데뷔 초부터 줄곧 사투리를 써왔지만 그것이 권위의 언어가 되지는 못했다. 액센트가 세고 빨라서 얼핏 들으면 일본어 같은 경상도 사투리는 주로 자신의 고모, 백반집 아줌마, 주부가요교실 선생님의 인격을 통해 세상에 나왔다. 이것은 〈개그콘서트〉에서 신봉선과 김영희가 계속해서 패러디하는, 약간 경박하고 억척스러운 이미지로 재현되는 '경상도 아줌마' 스테레오타입이 정치적 기능을 하지 못하는 것과도 연관이 있을 것 같다.

　누가 반박을 하든 나에게 〈세바퀴〉는 이경실과 김신영의 쇼였다. 그 많은 패널 앞에서 전라도 여자와 경상도 여자가 기운을 뿜으며 싸우는 일종의 대첩과도 같은 구도였다. 〈무한걸스〉 이전에 김신영이 보유한 개인기는 대부분 저 쇼에서 나왔다. 대체 어떻게 그럴 수 있는지 김신영은 경상도 남성의 언어도 정확히 구사할뿐더러 전라도 사투리까지 이경실과 안문숙에게 인정받을 만큼 제대로 흉내 냈다. 언어적 재능이란 저런 것일까 생각이 들 정도였다. 관찰과 모방을 잘하는 것만으로도 큰 탤런트지만, 그것을 응용하고 재미있게 만드는 것은 기본적으로 풍부한 배경이 있어야 가능하다. 우리 세대보다는 어머니뻘 되는 사람들이나 쓸 법한 진한 사투리를 쓰며 이왕표, 이계인, 진필중 같은 것을 따라 하는 이상한 여자. 정말 쓸데없이 디테일해서 저렇게까지 집요해야 하나 싶을 정도지만 높은 완성도와 천부적인 센스는 결국 모두를 웃게 만든다.

　셀럽파이브에서 김신영은 에이스이자 센터다. 김신영은 말의 재능뿐 아니라 신체적 표현에도 강하다. 어떤 제스처를 어떻게 구사해야 하는지 기가 막히게 안다. 그 액션에는 늘 에너지와 기합이 배어 있다. 어떻게 보면 강호동의 에너지와 같지만 다른 점이 있다면 그 에너지가 권력으로 작용하지는 못한다는 점이다. 의도한 것은 아니겠지만 나는 그런 것들이 모두 풍자적으로 느껴진다.

김신영을 좋아한다고 하면 누군가는 너무 남성적인 화법을 구사해서 싫다고 하거나 그가 무언가를 모사할 때 비하적인 느낌이 나서 불편하다고도 한다. 저런 견해에도 모두 공감이 된다. 남성 예능의 에너지를 모방하는 방식은 그를 이 판의 홍일점 정도로 존재하게 하지만 어느 선을 넘지는 못한다. 김신영이 표현하는 아줌마는 늘 성이 나 있지만 아무도 원인을 묻지 않는다. 그냥 아줌마니까 그렇다고 넘어간다. '뭘 잘 모르는 형님' 캐릭터는 이해를 얻고 분석을 당하며 권위를 얻지만, 김신영의 '성이 난 아줌마'는 소화가 되기도 전에 식어버린다.

알 수 없는 추임새와 유행어로 가득한 인터넷 방송이나 말 같지도 않은 이야기를 지들끼리 낄낄대고 지들끼리 놀러 가는 방송 같은 걸 보다 보면 점점 더 언어적인 재능과 농담에 갈증이 생긴다. 20대 초반에 연예대상을 받고 전 국민이 사랑한 박경림은 방송인으로서 최정점에 있을 때 자신의 먼 미래를 위해 미국 유학을 선택했다. 돌아온 그는 예전처럼 네모난 얼굴을 카메라에 들이대며 춤추는 일은 하지 않았다. '토크콘서트' 대신 '리슨콘서트'라는 이름의 쇼를 연 그는 라디오 DJ로, 수많은 영화와 드라마의 행사 진행으로 사람들의 말을 받고 다시 건네는 역할을 한다. 나는 그의 토크 스타일과 타입이 좀 더 세밀하게 분석되어야 한다고 생각한다.

남성 연예인들이 주도하는 예능 판도에서는 양적인 승부가 결과로 받아들여졌다. 많은 프로그램을 맡는 것이 곧 그가 가진 권력의 증명이었다. 얼마나 다른 것을 하느냐는 잘 이야기하지 않는다. 때로 다니는 리얼리티의 유행이 빨리 식어 생태계가 바뀌었으면 좋겠다. 김신영과 신봉선, 강유미와 안영미, 이소라와 최은경, 정선희와 김원희, 저마다 다양한 말의 색채와 방식을 무기로 가진 여성 방송인들에게 유리한 환경으로. 슬랩스틱과 콩트 코미디도 좋고 진행자의 개성이 드러나는 토크쇼면 더 좋다.

박미선은 태도를 달리했고, 송은이와 김숙은 이런 흐름의 가속을 타고 텔레비전 서브 매체에서부터 자신들의 영역을 확장했다. 그리고 이영자와 이국주, 박나래가 자기 필드에서 전투력을 키워왔다.

물론 개인적인 슬럼프와 굴곡들이 있었겠지만 이 긴 시간 동안 김신영은 계속 김신영이었다. 이건 압도적인 재능이 준 결과다. 그를 싫어하는 사람도 좋아하는 사람도 인정할 수밖에 없는 절대적인 능력은 드디어 여성 예능인 필드에서 빛을 발한다. '여자 연예인들이 괜히 활동을 못한 게 아니라, 재미가 없으니까 도태되는 거다'라는 폄훼를 말발과 개인기로 순식간에 제압하는 우리 진영의 에이스다.

2019년 〈고등래퍼3〉 우승은 여자 고등학생 이영지가 차지했다. 김완선은 데뷔 33년 만에 전국 투어 콘서트를 열었고 나는 그 소회를 〈라디오스타〉를 통해 들었다. 연령대도 다 다르고 생활방식도 다른 여러 여성의 이야기를 듣고 싶은데 도무지 마땅한 토크쇼가 없다. 2018년 연말 시상식의 메인 MC는 신동엽, 김용만, 전현무였고, 여자 MC는 전업 예능인이 아닌 배우와 아이돌 가수였다. 김신영은 올해 데뷔 16년 차다. 나는 모든 세대를, 모든 여자들을 지독하게 관찰하는 그의 재능이 제대로 발휘되는 필드를 원한다.

당신의 세상에서, 송은이

　대학 때 체육대회를 했다. 인원수가 부족해서 신입생은 필참해야 했다. 여자 리그에 늘 있는 피구 대신 풋살이 있었다. 처음으로 '발에 공이 감긴다'는 그 진부한 표현이 뭔지 알게 됐다. 생각보다 엄청 좋았다. 체육 시간엔 늘 땡땡이치는 데 선수였는데 왜 그랬을까 싶었다. 나도 그냥 종이 울리든 말든 애들이랑 하고 싶은 대로 공이나 뻥뻥 차고 놀걸. 운동장은 당연히 남자애들 것이라고 생각했다. 그렇다고 그리 억울한 마음이 드는 것도 아니었다. 체육 시간은 귀찮았다. 탈의실이 없어서 눈치껏 커튼 뒤에서 체육복으로 갈아입는 일도, 짧은 이동 시간 동안 우르르 달려 호루라기 소리에 열을 맞춰 모이는 일도, 내 신체 능력을 만천하에 공개하는 일도. 크면서 많은 것을 배웠지만 그중에 운동은 없었다. 간혹 태권도나 합기도 같은 걸 호신술로 배우는 애들이 있었지만 여자애들 대부분은 나랑 비슷했다. 시험이 끝나고 맞는 느슨한 기간의 체육시간은 그저 운동장 구석 벤치에 앉아서 수다나 떨고 그림이나 그리던 시간이었다.

연예인을 좋아할 때 나한테는 이름이 무척 중요하다. 이효리, 옥택연, 송혜교, 박보검. 이렇게, 뭔가 듣기만 해도 심상이 전해지는 특이한 이름들이 있지 않나. 내 이름이 너무 평범한 탓인지 누가 좋아서 이름까지 좋아지는 경우는 별로 없다. 사람이 별로여도 이름이 독특한 연예인을 좋아한다. 송은이는 이름이 너무 작고 귀여운 게 아닌가 하는 생각을 자주 했었다. 박경림, 이영자, 김숙 같은 이름은 인상과 박력 같은 게 있는데 송은이는 '-이'로 끝나서 어딘가 연약하고 깜찍하다. 그래서였는지 크게 관심이 가는 연예인이 아니었다.

〈무한걸스〉를 꽤 오래 중심에서 리드했지만 저 방송이 송은이의 것이라고 생각한 적도 없는 것 같다. 심하게 말하면 어느 시점까지는 어설프게 유재석의 포지션을 차지한 사람이라고 생각했다. 방송사들이 구색 맞추려 대충 준비한 성별 반전 예능에 출연하는 사람. 유재석이 존재하기 때문에 존재할 수 있는 사람. 약간 재미가 없고 안경을 꼈고 잘 웃고 경력이 비슷해서 여자 유재석 역할을 맡을 수밖에 없는 사람. 과거의 나에게 송은이는 중심에 있어도 어딘가 부족한 존재였다. 그래선지 그가 전성기를 누렸다는 느낌은 단 한 번도 받은 적이 없었다.

보지 못했거나 보려 하지 않았던 것, 그래서 겪지 못하고 도전해볼 생각도 하지 못한 것들을 아예 세상에 존재하지 않는 것처럼 취급할 때가 있다. 나는 의지가 약하고 걱정도 많아서 내 눈을 가리고 귀를 막는 일을 아주 쉽게 한다. 이렇게 하면 마음은 편해지니까. 그러나 저 마음은 절대 거기서 끝나지 않는다. 옳은 방향으로 행동하고 실행하는 누군가를 비웃는 전개로 반드시 이어진다. 새로운 것을 하려는 사람들을 무작정 아니꼽게 보는 습관을 통해서 되게 추잡스런 사고만 하게 되는 것이다.

사실 나는 〈무한걸스〉가 종영한지도 몰랐다. 제대로 본 적이 없으니까. 몇 번에서 몇 시에 하는지도 몰랐다. 정말 볼 게 없는 날 채널을 무한대로 돌리다가 가끔 만날 수 있어서 〈무한걸스〉였다. 나는 처음에는 〈무한도전〉의 모방작인데 그만 한 재미가 없어서 싫다고 했고, 〈무한도전〉의 단물이 다 빠졌을 때쯤에는 〈무한도전〉처럼 재미없는 걸 왜 따라 하느냐고 했다. 나는 여자 코미디언들을 제대로 본 적도 없으면서 남자 코미디언들의 독식을 비난하는 데 집중했다.

2015년, 남성 예능인들이 독식한 텔레비전을 비판하는 흐름이 페미니즘 운동의 대두와 함께 거세

지기 시작했다. 1993년에 데뷔한 송은이의 커리어가 리부트된 것도 바로 그 즈음이었다. 〈송은이와 김숙의 비밀보장〉은 20년 넘는 경력의 여성 코미디언 송은이가 직접 기획하고 연출한 팟캐스트 방송이다. 구독자의 고민을 읽고 상담하는 방송은 송은이와 김숙이 오랜 시간 꾸려온 가장 익숙한 형태의 코미디로 가공되었다. 알 만한 사람들은 다 알았고 청취자들이 자발적으로 홍보를 해나갔다. 시류와 어울리는 조짐이었다.

그 무렵 〈무한도전〉에서는 '예능 총회'를 열었다. 이경규를 주축으로 〈무한도전〉의 독주를 비난하는 남성 예능인들이 대거 나왔고 그들 사이에 김숙이 있었다. 이상하게 마음이 물렁해졌다. 늘 장난기에 차 있는 커다란 눈과 꾹 다문 입은 그날따라 왠지 초조해 보였고 김숙이 말 한 마디 한 마디 할 때마다 내 가슴이 콩닥댔다. 김숙이 말했다. "마흔네 살인 송은이 씨가 적성검사를 한 뒤에 사무직이 맞다는 결과가 나와서 지금 엑셀을 배우고 있습니다." 웃으라고 한 말이니까 다들 웃었다. 나도 웃었다. 좀 다른 이유에서였다. '드디어 했다!' 그런 생각이 들었다. 그 사실을 말한 순간이 나에게는 어떤 신호처럼 느껴졌다.

송은이에게는 한국 텔레비전을 보는 사람들이라면 모두 알 만한 분명한 장애물이 있다. '라인'을 짜서 조직적으로 움직이는 남성 연출자와 남성 출연자의 끈끈한 결속력. 실제로 그 집단에게서 시청자들은 많은 행복을 느꼈다. 코미디언은 다른 장르의 방송인보다 대우를 받지 못한다는 억울함, 그 굴절을 이용해 '평균 이하의 사람들'이 멋진 기획자의 근사한 기획을 만나 힘든 도전을 하고, 성취하고, 자신들끼리 멤버십을 오랜 기간 다지는 모습. 그 이야기 안에는 그들이 가정을 꾸리는 모습, 상을 받는 모습까지 아름답게 갈무리되어 있었다. 그 자체가 엔터테인먼트였다. 부정할 생각은 없다. 다만 어떤 것이 주류가 되면 어쩔 수 없이 약점을 드러낸다.

'방송에 여자가 없다.' 저 멀리서 봐도 한눈에 알 수 있는 그 치명적인 약점을 모두가 깨닫기까지 꽤 오랜 시간이 걸린 것 같다. 원래 어느 날 갑자기 깨달은 사람이 유난을 떨기 마련이다. 나처럼.

힘든 장애물이 앞에 놓여 있는 동안 송은이는 조용하고 꾸준히 자신의 궤도를 만든 것 같다. 팟캐스트로 시작해 지상파로 진출한 〈김생민의 영수증〉은 〈연예가중계〉 리포터였던 김생민의 가치가 재평가되는 계기이기도 했지만, 그건 엄연히 송은이의 생존형 기획이었다. 영수증을 꼼꼼히 분석해 소탈하고 명쾌한 대답을 해주는 김생민의 카운슬링은 누구에게나 인기를 끌기 좋은 아이템이었다. 하지만 방송의 본질은 40대 비혼 여성이자 일거리가 없어 직접 방송을 만들어야 했던 송은이가 같은 처지의 여성 동료들을 패널로 부른 뒤 그들의 경제 생활과 미래에 대해서 논하는 것이었다. 정말 김생민은 보이지도 않았다. 결혼하지 않는 여성의 불안과 미래가 가장 현실적인 모습으로 텔레비전에 등장했다. '싫으면 시집 가!'라는 의미를 알 수 없는 우스갯소리를 평생 이해하지 못한 채 살던 나에게는 꽤 역사적인 일이었다.

기획을 하고 연출을 하고 직접 유통까지 하는 방송인. 한계를 극복하고자 만든 자구책에 가까웠지만 송은이는 한국에서 이제까지 볼 수 없었던 기획자 겸 방송인이 되었다. 팬덤이 생기는 것은 당연한 일이었다. 그 팬덤에서 송은이를 '안경 선배(『슬램덩크』의 권준호)'라고 부른다는 걸 알았을 때 가슴이 터질 것 같았다. 왜냐, 나는 가상 캐스팅에 미쳐 있기 때문이다.

송은이가 안경 선배인 '여자 방송인 슬램덩크 세계관'이라면 아무래도 강백호가 주인공이니까 가장 중요하겠지. 견해차가 있겠지만 나한테 강백호는 무조건 김신영이다. 〈비밀보장〉과 〈영수증〉에 이어 송은이 마스터피스의 정점이라 할 수 있는 패러다그룹 셀럽파이브는 천부적인 끼와 독보적인 입담을 가진 김신영을 무대 중심에 세운 뒤 왼손만 거들게 해서 2018년 한 해를 가뿐하게 휩쓸었다.

또 누가 있을까. 〈개그콘서트〉부터 〈코미디 빅리그〉까지 한국 여성 예능인으로는 드물게 코어에서 잘 버텨온 안영미를 서태웅에, 특출한 재능과 어디서든 균형을 조화롭게 이루는 신봉선을 양호열에, 다소 공격적이지만 그게 매력인 김영희를 송태섭에 넣어봤다. 약간, 어느 시점부터는 끼워 맞추고 있다는 느낌이 들지만 한 번 시도한 이상 계속해야겠다. 처음엔 존재감으로 봤을 때 주장 채치수는 당연히 이영자가 아닐까 생각했지만, 아니다. 이영자는 〈전지적 참견 시점〉을 통해 송은이가 귀환시킨 정대만에 가깝다.

갑자기. 나는 김숙을 대하는 일부 여론에 정말 불만이 있다. 〈님과 함께〉에서 '숙크러시(김숙+걸크러시)'라는 콘셉트를 밀었을 때 그가 자주 했던 '남자는 그저 조신해야 한다'로 대표되는 의도적인 미러링은 상당수 남성 시청자들에게 반감을 산 것 같다. 김숙의 재능이 그저 방송가에 분 페미니즘 바람에 운 좋게 잘 묻어간 양 묘사되는 것을 종종 보기 때문이다. 엄밀히 말하면 김숙은 바람을 탄 게 아니다. 바람을 일으킨 장본인에 가깝다. 『슬램덩크』의 안 선생님은 안경 선배를 두고 채치수와 함께 북산의 토대를 지탱한 선수라고 평가한다. 김숙은 〈비밀보장〉, 〈언니네 라디오〉, 〈영수증〉 등을 함께하며 송은이 세계를 개척한 동반자이자, 여성 방송인으로서 최전선에서 가장 대담하고 확실한 목소리를 내며 그 세계를 단단히 뿌리내리게 한 든든한 버팀목이자 주장이다. 2018년 연예대상 후보에 오른 이영자를 담담하게 소개하는 그의 모습을 보고 많은 생각이 들었다. 판을 흔드는 목소리를 내는 것은 어렵고 두려운 일이다. 그 역할을 묵묵히 해온 김숙이 흔들림 없이 이영자의 업적을 읊고 수상을 축하할 때 나는 더없는 신뢰감을 느꼈다.

　세력이 생긴 지 몇 년 되지도 않은 '송은이 라인'이 방송계를 독점한다는 우려를 접하고는 앓아누울 지경이 됐지만, 탄력을 받아 북산의 라이벌 팀 스쿼드를 짜기 시작했다. 『슬램덩크』에서 내가 제일 좋아하는 윤대협은 〈밥 블레스 유〉에 뒤늦게 합류한 장도연에게 주어져야 한다. 북산 멤버들에게 친화적이기도 하고, 키도 크고, 얼굴도 잘생겼고, 실력도 제일 좋고, 내가 제일 좋아하는 여자 코미디언이니까 (그리고 장도연이랑 윤대협 얼굴이 왠지 좀 닮기도 했다.) 박지선, 박나래, 최화정, 강유미, 이국주 등 '비(非)송은이 라인'인 것 같은 여자 방송인도 모두 호출해서 산왕, 능남 캐릭터에 매치해 갖가지 대결 에피소드도 만들 수 있을 것 같다. 음. 근데 안 할 거다. 송은이가 쟁취하고 열어준 세상을 이야기하는데 『슬램덩크』 세계관을 빌리는 짓은 그만두자.

기혼 남성이 기준이던 방송, 줄을 만들고 그 알량한 힘을 유지하려고 불의에 눈 감고 그것으로 자신들의 존재를 확인하며 위태롭게 이어가던 흐름이 있었다. 이 메인스트림은 판 밖에서 필사적으로 부활한 송은이에 의해서 달라지고 있다. 그는 기준을 바꿨다. 이 판을 꿈꾸는 누군가들의 모델이 되었다. 자멸하는 남성 중심 방송계의 대척에 선 리더가 되었다.

물론 송은이에게 이런 영웅 역할을 강요하는 것은 아니다. 송은이가 어렵게 바꿔놓은 세상의 룰은 그렇게 한 사람이 무게를 지탱하며 권력을 지키고자 서열을 만들고 서로 헐뜯으며 치열하게 살아야 하는 곳이 아니기 때문이다. 힘을 빼도 괜찮고, 불필요한 대결이나 견제를 하지 않아도, 명예를 좇지 않아도, 세력을 만들거나 다수가 선택한 삶의 방식대로 살지 않아도 괜찮은 곳. 나는 송은이의 세상에 살고 있다.

나의 텔레비전에게

요즘에는 텔레비전이 자꾸 여행을 가라고 한다. 〈짠내 투어〉를 보고, 〈현지에서 먹힐까〉도 보고, 〈뭉쳐야 뜬다〉도 보고. 나는 혼자 허공에 대고 "그래 나도 가고 싶다!" 외친다. 예전에 할머니가 맨날 텔레비전 속 사람들한테 대꾸를 했었는데 그게 자연스러운 반응이었나 싶다. 나는 여행을 갈 수 없으면 다음이나 네이버의 로드뷰로 가고 싶은 곳의 지명을 찾아 방향 키를 조금씩 옮긴다. 서귀포의 남쪽 해안도로는 정말 좋은 여행지다.

　　침대에서 노트북으로 TV를 보고 있으면, 내가 이 작은 사각형 모니터 속에서 갇혀 죽게 될 것 같단 생각이 든다. 푹, 티빙, 넷플릭스, 왓챠플레이, IPTV의 최신 영화 VOD까지 포함하면 월 10만 원 정도 되는 돈을 매달 스트리밍 사이트에 결제하는데, 그렇게 아깝다고 생각하지는 않는다. 텔레비전에서 받은 피로감을 또 다른 텔레비전을 보면서 풀고 새로 고침하기 위한, 나에게는 일종의 생명 유지 장치다. 오늘은 〈대탈출〉을 한 편 봤는데 그 피로를 풀려고 〈굿 걸즈〉를 봤다. 〈굿 걸즈〉를 다 보고 나면 그 피로는 다시 유튜브 영상을 보면서 풀게 될 것 같다.

　　화요일에는 〈유 퀴즈 온 더 블럭〉을 본다. 동네를 돌며 새로운 사람들과 인사하고 대화하는 유재석은 인사 하나 허투루 하지 않는다. 정치인도 유세할 때나 저러고 마는데 매주 참 힘들겠구나. 조세호랑 유재석은 왜 서로를 '자기야'라고 부르지? 별로 궁금하지도 않은 것에 의문을 가져보다가 실없는 일반인이 나와서 어설픈 반응을 보이면 그걸 보다가 웃고, 아주 예전에 종영한 드라마를 본다. 최근엔 아무 기대 없이 〈세 친구〉를 봤는데 생각보다 좋았다. 그리고 이의정이나 안연홍 같은 배우들의 근황이 궁금해서 중간에 검색을 해보기도 했다.

이제 막 20대가 끝이 났는데, 나는 스물아홉에서 서른이 되어가는 순간까지도 엄마 앞에서 텔레비전을 보는 것이 불편했다. 엄마 얼굴만 봐도 '늘어져서 텔레비전이나 본다'는 소리가 웽웽 울렸다. 그리고 어김없이 내 미래에 대한 훈계를 텔레비전 시청 시간만큼 들어야 할 것 같았다.

이젠 엄마도 늙었고 나는 30대가 되었다. 퇴근하고 집에 돌아오면 먼저 텔레비전을 켜고 소파에 눕는다. 뭔가를 의욕적으로 선택해서 볼 힘이 없어 틀어져 있는 대로 아무거나 본다.

그러는 사이 엄마는 나와의 텔레비전 전쟁을 완전히 끝냈다. 이젠 내가 보는 텔레비전을 같이 보고 내가 주절주절 늘어놓는 해설도 재미있게 들어준다. 요즘엔 텔레비전 시청에 대해 전반적인 의욕을 잃었지만, 대신 엄마랑 텔레비전 보는 게 즐거울 수 있다는 걸 얻었다. 나는 직접 묻지 못한 말들을 엄마가 좋아하는 〈걸어서 세계 속으로〉, 〈만물상〉 같은 것들을 같이 보면서 간접적으로 물어본다.

〈가시나들〉에는 시골 할머니들이 나온다. 우리 할머니처럼 글을 배우지 않은 할머니들이 한글을 익혀서 문소리 선생님께 편지를 쓴다. 할머니의 요양 병원 병실에는 늘 텔레비전이 켜져 있었다. 노인들의 쇠약한 청력으로는 들을 수 없는 수준의 볼륨만 유지한 채 그림처럼 흐르는 텔레비전을 보면서 나는 나를 알아보지도 못하는 할머니 옆에 앉아 있었다. 엄마가 선을 끊어놓으면 다시 이어달라고 한나절을 꼬박 할머니랑 서럽게 울었었는데 내가 엄마랑 나란히 앉아서 텔레비전을 보게 되다니. 할머니는 얼마 전 돌아가셨는데 나는 병실에 있는 텔레비전의 볼륨을 높이고 할머니가 가장 좋아했던 드라마 〈보고 또 보고〉를 틀어놓는 상상을 자주 했다.

꽤 오랫동안 증오하고 집착해온 텔레비전 속에는 시간을 비웃기라도 하듯 채널을 돌릴 때마다 여전히 유재석과 강호동과 이경규가 등장한다. 그 익숙함에 이제는 그저 안심을 느끼게 되는 이유는 역시 먼 길을 돌아온 송은이와 이영자가 있기 때문인 것 같다.

　싫으나 좋으나 내 시간은 텔레비전과 함께 흐르고 있다. 관 안쪽에 텔레비전을 달 수 있는지, 달 수 있다면 사후 얼마나 유지되는지, 그걸 알아봐야겠다.

나를 만든 세계, 내가 만든 세계
'아무튼'은 나에게 기쁨이자 즐거움이 되는,
생각만 해도 좋은 한 가지를 담은 에세이 시리즈입니다.
위고, 제철소, 코난북스, 세 출판사가 함께 펴냅니다.

아무튼, 예능

1판 1쇄 발행 2019년 9월 2일
　　　7쇄 발행 2024년 7월 19일
지은이 복길
펴낸이 이정규
펴낸곳 코난북스
출판등록 제2013-000275호
전화 070-7620-0369
팩스 0505-330-1020

conanpress@gmail.com
conanbooks.com

©복길, 2024

ISBN 979-11-88605-09-5 02810

이 도서의 국립중앙도서관 출판예정도서목록(CIP)은
서지정보유통지원시스템 홈페이지(http://seoji.nl.go.kr)와
국가자료공동목록시스템(http://www.nl.go.kr/kolisnet)에서
이용하실 수 있습니다.(CIP제어번호: CIP2019032647)